JN101950

なんにもない部屋

――尾崎放哉とその忘れ得ぬひと――

坂本　昌丹

文芸社

なんにもない部屋

―尾崎放哉とその忘れ得ぬひと―

（一）

―どうして俺って奴は…、いつもこんな破目に…。

　男は途方に暮れ、つくづく自分の運命を恨めしく思っていた。

「もし落ち着く先がないのなら、台湾へ行こうと思っている」

　男が言った。

　この時大正の終わり頃、この頃台湾は日清戦争の後日本に割譲され、総督府が置かれて日本の統治下にあった。台湾には一燈園で知り合った同人がいるのでその男を頼って行くということだった。

「何も台湾まで行くことはあるまい。どこかにいい寺もあるだろうから、見つかるまで暫くここに居たらいい」

　井泉水は宥めるように言った。

　ここへ来る前、最後の安住の地と思っていた神戸の須磨寺から、京都の一燈園に戻り、男は、若狭の常高寺に托鉢として一時留まった。しかし窮乏していた寺はとうとう破産してしまい、ふた月ほどでそこを去ることになった。

乞食に話しかける我となって草もゆ

その頃作られた句だ。

行く当てのなかったその男は、再び一燈園に戻った。そしてすぐまた下京区の龍岸寺という寺に托鉢で入った。歳ももう四十になっていたし、体力も衰えていたので、そこでの労働は過酷でとても耐えられるものではなかった。ひと月も経っていなかったが、たまらずそこを飛び出した。

その頃井泉水が京都に来ていて、今熊野の橋畔亭という仮寓に住んでいた。それを知っていたその男は、藁にも縋る思いで、井泉水を頼ってその橋畔亭に転がり込んだのだった。

そこは、井泉水一人だけでもどうかと思うくらいひどく狭い所だった。そこで一人吊りの蚊帳の中に、二枚重ねの布団を一枚ずつ別々にして並べ毎晩二人で寝た。季節は七月だし蚊がたくさんいる時分なので、小さい蚊帳だからすき間から蚊は入って来るやら、そのうえ蒸し暑いやらで、ひどく寝苦しい毎晩だった。それでも井泉水は苦情一つ言わなかった。それどころか、無一物のその男を心から温かく何くれとなくもてなしてくれた。意見がましい言葉も一言も言わない井泉水の温かさと包容力に男はすっかり感服してしまった。

—お慈悲だ。なんと有難い。

そうしみじみ思うのだった。

台湾に行きたいという男の言葉を聞いた時、井泉水は、小豆島で醸造業を営む素封家で、井上という層雲のある同人のことを考えていた。

井泉水は、大震災が原因で失った妻や既に亡い母や子の供養のために、一年ほど前、生前妻と旅したことのある小豆島をお遍路参りしたことがあった。井上はその時の同行者の一人だった。

「私にちょっと心当たりがある。小豆島に層雲の同人がいるから、彼に様子を聞いてみよう。小豆島には島四国八十八札所というのがあって、小さな庵も沢山あるから、君一人が食べていける位の庵が空いているかもしれない」

これを聞いたその男は、台湾へ行くなどということはもう忘れてしまって、居ても立っても居られないほど心はすっかり小豆島へ飛んでしまっていた。

「小豆島か。暖《あ》ったかそうだな。寒がりの僕にはそれだけでありがたいよ」

井泉水は早速井上に手紙を書いて送った。

しかし、何日待っても井上からの返信は届かなかった。男は矢も楯もたまらない気持ちだった。こちらから押しかけて行ってみて、どこにもいいところがないということなら、その時は台湾へ行けばいい。こっちから出向いて行けば何か道が開けるかもしれない。そんな待ちきれない気持ちを井泉水に話した。井泉水は何も言わずただ頷いた。

早速、井泉水と、京都に住んでいた層雲の同人で男の親しい友人でもあった北朗とで、ささやかな送別の宴が開かれた。その翌日、男は橋畔亭を去り、小豆島に向かった。男の持った風呂敷包には、井泉水の書いた井上への添状と、餞別の揮毫「あすからは禁酒の酒がこぼれる」と書かれた白扇が入っていた。

井泉水から依頼の手紙を受け取った井上は、同じく層雲の同人である西光寺の杉本住職に相談した。杉本も、お遍路めぐりの時井上と一緒に井泉水に同行した一人だった。

「突然庵をと言われても、既にそれぞれ留守番がいてすぐには心当たりもないし、ましてや自活していけるほどのものとなったら尚更難しい…」

そう言われた井上は、適当な庵がみつかったら知らせるからそれまで待ってくれるように、と井泉水に返信した。返信を出すのが遅くなっていたのでその旨の電報も打った。ところがそれが届いたのは、待ちきれなかったその男が井泉水に別れを告げて既に橋畔亭を去った後だった。

翌日男は小豆島の土庄《とのしょう》港に着き、港に降り立つとすぐ、井泉水の書いてくれた地図を頼りに早足で井上宅を訪ねた。ふいに訪ねて来た、中肉中背、卵形の顔に目をくりくりさせている筒袖姿の見知らぬ男に当惑しながら、井上は門口にぼうと立っているその男をみつめた。すると男はいきなりきり出した。

「尾崎です。ご返事をずっとお待ちしていたのですが、なかなか頂けなかったものですから…」

「えっ、あの尾崎、放哉さん…。まあそんなところにお立ちになっておらず、とりあえずお上がり下さい」

客間に通された男は、持っていた風呂敷包を開けると、衣類やら入っている中から井泉水の添状を取り出し井上に渡した。受け取った井上は静かにその封を開いた。丁寧に折りたたまれた和紙を広げてみると、それは井泉水のいつもながらの流麗な筆致で綴られていた。

秋とは名のみにて御あつい事ですが御変りもない事と存じます。

此度尾崎君が御たづねしたいと云ふので、此手紙を書いて持つて行つてもらいます。くはしい事は同君から御話しませうが、小豆島のうちで托鉢的の生活をゆるしてくれる所があつたらば仕合せだと思ひます。堂守といふ風な役目の所なら更に望ましいに違ひありますまい。当分のうちはお金は彼の後援会から送るつもりです。

酒はぜつたいに禁ずるように約束させました。御宅にてもどうぞ御飲ませ下さらぬやうに願います。

御店のこと、御身辺のこととおせはしい中に、こんな厄介な者が飛込みまして困つたなと御思ひではないかと、私も恐縮しますが、何とか其道がありますならば道をさづけて下さいまし。又同君を遍路として全島をめぐらせ縁のある所を自ら探してもらふのも一法かとも考へましたが、さうした事は私より申すよりも、大兄の御方寸のうちにお任せした方が間違ひない事と存じます。

放哉に対する井泉水の思いが井上に伝わってきた。これは何としてでもどこかにいい庵を探さなければいけない、そう思い、見つかるまでの間自分の家に置くことを決めた。

その後も井上と杉本は随分と心当たりを探したが中々いい所はみつからなかった。諦めかけていたそんな時、杉本から井上に、庵がひとつ空くかもしれないという電話があった。そのことを聞いた放哉は飛び上がらんばかりに喜んだ。それは、西光寺奥の院南郷庵《みなんごあん》という所だった。

南郷庵は、入口を這入ると狭い土間になっておりそこに竈があった。その次に一畳ほどの板間が台所になっていて二畳の間に続き、次が居間、そして次に応接、食堂、寝室を兼ねる八畳の間、そして一段高い六畳の間にお大師様が祀られていた。一人で生活するにはもったいないほどだ、西光寺の小僧と一緒に空いたばかりの庵を掃除に行った時、放哉はそう思った。

庵は西南に向かって開いており、庭先の大松越しに遠く土庄町の町並みの一部が見え、その上に西の空が広がっていた。東南はみな塞がっていたが、八畳の間にたったひとつ半間四方の小さな窓があった。この窓からは、土地がだんだん低く下がっていき、塩浜と野菜畑が続いたその先に海が見えた。この海は瀬戸内海で、そこは入り海になっているので、横ざまに渡るちょうど梁のように狭い海だった。でも放哉には、海が見える、それだけで十分だった。この小さい窓から、日がな一日、海風が庵の中に吹き込んできた。

翌日から、放哉はその南郷庵に住むことになった。南郷庵での生活は理想的なものだった。と言うのは、一燈園では生活の規則もあり、又下座奉仕のきつい労働もあった。須磨寺では須磨寺で、常高寺では常高寺で、寺男として果たさなければならない義務と労働があり、龍岸寺ではそれこそ酷使されたりで、それぞれ多少の差はあったものの、いずれも身体にかなりの負担を強いられるものだった。ところが、ここにはそういったものがほとんどなかった。やるべき仕事と言えば、朝夕にする庵の中と外の掃除、それと仏壇の払拭だけ。あとは句を作るか手紙を書く、あれば本を読む、その外は気ままに読経する、それだけだった。だから極端な話、寝ていようが起きていようが制約は一切なく、心の赴くままに生活してゆくことができた。

庭に出て、しみじみと庵を眺めた。

—やっと辿り着いた。とうとう辿り着くことができた。ここだ。俺がずっとずっと求め続けていた所だ。

庵をみつめて立ち尽くしたまま、放哉はしばらく感慨に浸っていた。

数日後、井上が庵を訪ねて来た。

「いかがですか、庵は気に入っていただけましたか」

「えゝ、とても気に入りました。もったいない位です」

「そうですか、それは良かった。

ところで、今日お伺いしたのは、ここでの収入についてお話ししようと思いまして…」

井上によると、この庵での収入は年間だいたい百円位で、ただ年間と言っても、春からやって来はじめ、それから初夏にかけてやって来るお遍路さんが置いていくお賽銭がそのほとんどで、いろゝゝな経費を差し引くと実質五十円位になってしまうらしかった。収入が少ないとは聞いていたが、いくら何でもそれでは自分一人食べていくのさえ難しい、男は愕然とした。その様子を見て井上が言った。

「いえ大丈夫ですよ。ふた月や三月遊んでいたところで、私が米でも何でも持ってきますから心配はいりません。杉本住職にしても、庵のお留守番代として相応のお礼をすると仰っています。だからご遠慮なく、好きなだけここにおいで下さい。二、三ヶ月すれば他にもっといい庵が空くと思います。私どもにお任せ下さい」

井上の言葉に放哉は少しほっとした。

「こんな私のような者のために、何から何までありがとうございます。本当にありがとうございます」

井上が帰った後、ここを離れたくない、何とかここで生活してゆく方法はないものか、必死で考えた。そしてあることが頭に閃いた。

―そうだ。食事を変えればいいんだ。食べ方を工夫すれば収入が少なくても何とかやっていけるはずだ。

どういう食事をしていったらいいかあれこれと考えた。そしてその挙句に自分で考案した食事を一週間ほど実践した後、そのいきさつの報告を兼ねて井泉水に手紙を書いて送った。

実ハ小生此ノ三年間、流転ノ旅ニスツカリツカレマシタ。ソレデ、安定ノ地ヲエタイ…（台湾ニ行ク考モ、モトハ茲カラ出タノデスガ）身心共ニ疲労シタノデス…。処ガ、ハカラズ当地デ、妙ナ因縁カラ、ヂツトシテ、安定シテ死ナレサウナ処ヲ得、大イニ喜ンダ次第デアリマス。…「之デモウ外ニ動カナイデモ死ナレル」私ノ句ノ中ニモアリマスガ（昨日、東京ニ百句送リマシタ中）、只今私ノ考ノ中ニ残ツテ居ルモノハ只、「死」…之丈デアリマス。積極的ニ死ヲ求メルカ、消極的ニ、ヂツトシテ、安定シテ居テ死ノ到来ヲマツテ居ルカ…外ニハナンニモ無イ…。

ソレト関連シテ、ココ一週間程、私ノ生活状態ヲ変更シテミマシタ…。ソレハ「米」ヲ焼イテオク事デス。ソレカラ「豆」ヲ炒ツテ置キマス。ソレト「塩」「ラツキヨ」「梅干」ノモラツタノガアリマス。ソレト「麦粉」「オ砂糖」…以上ダケシカ私ノ身体ノ中ニハイルモノハ一品モアリマセン。勿論、魚ナンカ少シモタベマセン…。「焼米」「焼豆」ハ中々堅クテ、一日ニ少シシカタベラレマセン…。ソシテ、番茶ノ煮出シタノト、前ノ井戸水トヲ、ガブヾヾ呑ム事デス。一日ニ土瓶ニ四ハイ位呑ンデシマイマス…。腹ガヘツテヘツテ何ノ仕事モ出来マセン。立チ上レバ眼ガグラヾヽトマヒマス。ソシテ妙ナ事ニハ、時々頭痛ガシマスネ…。ツマリ私ハ例ノ断食ヘノ中間ノ方法ヲトツテ見タノデス…。果シテ、之デヤツテ行キウル自信ガツケバ、井上サンニモ、何ノ心配ヲカケナクテモ、此儘、此ノ南郷庵主人トシテ、安定シテ、死ヌ事ガ出来ル…之ガ何ヨリノ希望ナノデス。

今日デ、一週間位ニナリマスガ、ナントナク身体ノ調子ガヨクナツテ来テ、之ナラヤツテ行ケルカモ知レマセン。ソシタラ実ニ万歳デス…。ソシテ、身体ガ衰弱シテ、自然、死期ヲ早メル事トナレバ、実ニ一挙両得ト云フワケデ、益々万歳デアリマス。ホントニ、今ノ簡易生活ガホンモノニナツタラ、一ヶ月ノ食費ハ、ホントニ、オ話シニモナラヌ程ノモノダラウト思イマス…。ソシテ、悠然トシテタツタ一ツ残ツテ居ル、タノミノ「死」ヲ、自然的ニ受入レタイト思フノデアリマス…。ドウカ成功スル様ニイノツテ下サイ。


放哉が南郷庵に入ったのは八月の終わり頃で、あちらこちらで蟬がけたたましく鳴いていた。やがてそれも蜩の鳴き声に変わり、秋が近づいてきていることを感じさせるようになった。

庵での生活にも慣れてきたある日の昼下がり、放哉は八畳の間にある細い柱に凭れながら、机に向かって句を作っていた。その時、濡れ縁の方から雀が一羽お堂の中に入ってきた。雀は人がそこにいることにも無頓着に目の前をチョンチョン歩いていた。放哉は顔を上げることもなく、その雀が畳の上を歩くそのかすかな足音に耳を澄ました。雀たちはここでの唯一ともいうべき友達だった。

夕、庭を掃いていると雀たちがやって来て、箒で掃く度にその跡に集まり、地面を突っついていた。雀に砂を飛ばして驚かさないように気をつけながら庭を掃いた。一頻りすると、塒に帰るのか、雀たちは放哉を一人残し一斉に飛び立って行ってしまった。

そんなこんなを句にした。

　畳を歩く雀の足音を知つて居る
　明日のお天気をしやべる雀らと掃いている
　雀等いちどきにいんでしまった

庵には時に珍客もあった。

すっかり秋らしくなってきたある日、いつものように一人机に向かって句を作っていると、赤とんぼが一匹お堂の中に入ってきた。とんぼは二、三度空中に止まってジグザグしながら、机の端にとまった。逃げるそぶりもないそのとんぼを、放哉は親しい友人が訪ねて来てくれたように感じてしばらく見とれていた。やがて、何もなかったように、とんぼは静かに飛び立ちお堂の外に出て行った。

こんな句ができた。

　とんぼが淋しい机にとまりに来てくれた

入庵後しばらくして放哉は風邪をひいた。薬を呑んではいたが中々治らなかった。発病以来二ヶ月ほどになるが状態は益々悪くなるばかりで、昼も夜も咳と痰に苦しめられ、特に夜、症状が激しい時には苦しくて眠れないこともあった。

以前に会ったことのあった、神戸に住む層雲の同人で医師の山口旅人に手紙を書き、その症状の原因を尋ねたところ、急性気管支炎らしいということで薬を送ってきてくれた。その薬を呑んでいると咳は次第に収まってきた。しかしその風邪の遠因は以前朝鮮、満州で患った肋膜炎にあったから、そう簡単に治るものではなかった。ひどい時は頭痛や眩暈で起きていることが辛く、何日もずっと寝込んでしまうこともあった。そんな時は、手紙も書けない、句も作れない。ただ咳ばかりして寝ている外ないことが何より辛かった。火鉢には火種ひとつなく、お茶一杯飲ませてくれる者もいない。寒々とした庵の八畳にたったひとり横になっているしかなかった。肉が落ちて筋張った自分の手を視つめた時、ふと、以前常高寺で作ったこんな句が思い出された。

淋しいからだから爪がのび出す
うつろの心に眼が二つあいてゐる

一週間ほどして、やっと体調が少し回復してきて床から立ち上がれるようになったので、それまでできずにいた井泉水から貰っていた手紙への返信を書いて送った。

島の方ハ別して変つた事も無之候《これなくそうろう》。良いお天気つづきであります。庵の東側の山よりの小さい庭に、黄色な目玉菊が、たくさんに毎日咲き出したので、何よりうれしく、毎日、朝から、これればかり見て居ます。お大師さま、お地蔵さまに、何遍折つて来てさしあげても、アトから、アトからと、咲いてくれます。実に嬉しい。

大きな菊よりも、寧ろ、コンナ、小さな、目玉菊の方が、庵には、又私には、ふさはしい気がして居ます。


放哉は、退屈になると手枕をして畳にごろりと横になって、眠るでもなく眠らないでもなくただぼんやりと庭の松越しに見える西の空を眺めた。そして妻と離れ離れになって、一人一燈園に入って以来のあちこちの寺などを転々とした漂泊の日々を思い起こしていた。

―早いもんだなぁ。それにしてももうあれから三年経つのか。いろいろあったけど、あの頃のことを思えば、今は本当に別世界にいるようだ。

今ここにある独居、無言の生活、それは放哉にとっては長年の念願だったものであり、それは文字通りの極楽だった。

―これもみんな井師のお蔭だ。

そう思うと、井泉水に対して心から感謝の気持ちが湧き起こってきた。そんな時、決まってあるお経を読み上げたくなった。それは観音経だった。

放哉は、寺から寺への生活をしていただけあって、読経はかなりうまくなっていた。突然立ち上がってお大師様の前に行って座り、くたびれた木魚をポクポクと叩き始めた。祀ってあるお大師様の前には、亡くなった母と二人の姪の名前の書かれた半紙が並んで貼り付けてあった。戒名を知らなかったから名前がそのまま書かれていた。

「妙法蓮華経《みょーほーれんげーきょー》　観世音菩薩《かんぜーおんぼーさー》　普門品《ふーもんぼーん》」

美声だったので、読経の声もよく通った。

「爾時無尽意菩薩《にーじーむーじんにーぼーさー》　即従座起《そくじゅーざーきー》　偏袒右肩《へんだんうーげん》　合掌向仏《がっしょーこーぶつ》…」

姿勢を正して、丹田から声を出すように読経を始めると、やがて読経の声ばかりが聞こえるようになり、その声だけに集中してきて、心がすっかり空っぽになって、何もかも忘れて只一心に読経した。

「…聞是観世音菩薩《もんぜーかんぜーおんぼーさー》　一心称名《いっしんしょーみょー》　観世音菩薩《かんぜーおんぼーさー》　即時観其音声《そくじーかんごーおんじょー》　皆得解脱《かいとくげーだつ》」

木魚の音にのせて読経が続いた。

「…我為汝略説《がーいーにょーりゃくせつ》　聞名及見身《もんみょーぎつけんしん》　心念不空過《しんねんふーくーかー》　能滅諸有苦《のーめつしょーうーくー》…衆生被困厄《しゅーじょーひーこんやく》　無量苦逼身《むーりょーくーひっしん》　観《かん》音妙智力《のんみょーちーりき》　能救世間苦《のーくーせーけんくー》…種々諸悪趣《しゅーじゅーしょーあくしゅー》　地獄鬼畜生《じーごっきーちくしょー》　生老病死苦《しょーろーびょーしーくー》　以漸悉令滅《いーぜんしつりょーめつ》」

体はやせ細っていたものの、その声には張りがあった。読経は淡々と続いた。

「…具一切功徳《ぐーいっさいくーどく》　慈眼視衆生《じーげんじーしゅーじょー》　福聚海無量《ふくじゅーかいむーりょー》　是故應頂礼《ぜーこーおーちょーらい》　阿耨多羅三藐三菩提心《あーのくたーらーさんみゃくさんぼーだいしーん》」

読経が終わると急に静かになった。

お経の声とずっと一つになっていたのだが、その時ふっと我に返った。周りにはいつもと変わらぬ寒々とした何にもない部屋があり、放哉はそこにポツンと一人座っていた。

その生活ぶりを心配する層雲の同人たちから、折にふれて何やかや差し入れが送られてきた。特に、放哉に心酔していた、飯尾星城子と島丁哉の二人はその常連だった。

だんだん寒くなってきたので、上に羽織る綿入や下着などの衣類を送ってきてくれたり、また食べ物を送ってくることもあった。お菓子などが入っていることもあり、それは皆好物だったので、そのひとつひとつを愛おしむように何日もかけて味わいながら食べた。中でも特に喜んだのは、井上からの差し入れだった。それは、井上のお母さんが料理上手で、いつも腕によりをかけて作ってくれたものだった。放哉自身東京で勤めていた頃には、旨い店があると聞くと、遠くてもわざわざその店まで食べに行くという相当の食道楽だった。そんな男が感心し、その料理を褒めちぎったお礼の葉書を書くほどだった。

秋も深まった十一月の終わりの頃、北朗が庵を訪ねて来た。その時の無邪気なはしゃぎぶりは尋常でなかった。

北朗が来庵するという連絡はその一ヶ月ほど前にあった。来ると言っていた日は決まっていたが、一日や二日早くやって来るかもしれないと期待し、朝となく、昼となく、庵の後ろの山に登って港を望み、来る船来る船を眺めていた。でも一向にそれらしい船は来ず、放哉に依れば『只ブーブーと汽笛を鳴らして入って来て、またブーブーと出て行ってしまう』ばかりだった。

そうこうしている内に当日になってしまった。約束の日だから今日こそ間違いないだろうと、ソワソワと落ち着かない。ところが、朝の船でも来ない、昼の船でも来ない。そしてとうとう夜になってしまった。もう待ちくたびれ過ぎてイマイマしくなり、その不平をぶつけて遂に井泉水宛に一本葉書を出した。

北朗という男は、「ソノチナンジック」と打てば済む電報というものの便利さを知らない男とみえる。待つ身を想像されたい。こんなに待たせるのなら、いっそ来ぬ方がよい。

そんな文面だった。夜なので、もうその日は諦めていたが、異常に肩が凝っていたので村の按摩を呼んできて、さあこれから揉んでもらおうかとなったその時、ガラヾヽと障子をあけて、飄々と這入ってきた男があった。北朗だった。

「オイ、何故もっと早く来なかったんだ。待ったぜ、待ったぜ」

「ウン、船の出る時間がよく分からなかったもんだから」

ただそれだけ言ったきりで、北朗はケロッとしている。按摩には帰ってもらい、井泉水に葉書を出したことを話すと、

「人間が予定というもので行動すると身体をいためてよくないネ」

やはりただそれだけ。開いた口が塞がらなかったが、こいつという奴は…、と思いながら、一方でむやみに感心させられた。

「それより、オイ、これを持ってきたぜ」

北朗は懐から上等な酒の二合瓶を取り出した。

「イヤ、そうだろうと思っていたところさ。実はあんまり待ちくたびれて、さっき、俺もちょいと買ってきて、チョッと飲《や》ったところだよ」

二人は顔を見合わせて、破顔大笑した。

「このことは井師には内緒だぜ。井師を心配させるとこの身を切られるようだよ」

「そうともな、そうともな。分かっているよ」

粗末なつまみしかなかったが、久々に酌み交わす酒は、二人にとって無上の旨さだった。

「ところで、ワシは五日間庵に泊まるよ」

北朗らしい唐突な物言いだった。

「泊まるのは何日でもかまわんが、いやに落ち着いたもんだね。あの可愛い細君が待っているんじゃないのか」

「いや、この後丸亀で陶芸の展覧会を開こうと思っているし、今回のことはちゃんと話してあるから大丈夫なんだ」

「そうか分かった。そういうことなら何日でも居てくれ。そして二人で大いに句作しようじゃないか」

「その事その事。ワシも大いに君と句作しようと思ってやって来たんだ」

「そうか、そうか」

酒を酌み交わしながら二人の話は尽きなかった。その晩北朗は、放哉の薄っぺらな薄汚いせんべい布団とは大違いの、西光寺から借りてきた上等な布団に暖《あ》ったかそうにくるまって寝た。翌日からの数日間のことが、放哉が後日層雲に書いた『北朗来庵』にこう書かれている。

扨これから北朗五日間庵に居たのだけれ共、今書こうと思つても書くことがない。不思議なことだが、なんにも無いやうな気がする。

マトマツタ事がなんにも無い。只馬鹿な顔をして、二人でゴタゞヽしてニコヽヽして居たものと見える。第一、自分も北朗も、ソレ程意気込んでいた句が一句も出来なんだことを以つて見ても、たゞ、ボンヤリして喜んで居たことが解ると思う。中津の同人、丁哉氏が送って来てくれた、小供が三人で蟹に小便かけて居る絵を壁にはり付けて自分が毎日見て喜んで居るのだが、之を二人で眺めては、只五日間と云ふものニコヽヽ、ゴタゞヽ、して居たものと見える。

五日後、北朗は、そこに書かれた『風の如く』庵を去って行った。放哉は、また庵にたった一人とり残された。静寂がひと際深く感じられた。

その頃を境に、庵に馴染みのない風が吹きつけるようになってきた。それまで吹いていた海からの東南の風ではなく、強くて冷たい北西の風だった。小豆島は暖かいと思っていただけに、この風には閉口した。

風は吹き出したら獰猛に吹いた。昼夜を問わず吹き通し、四日でも五日でも吹きまくった。ようやく風が止んでヤレ〻〻と思っていると、一日か二日すると、また四、五日ぶっ通しで吹く、そんな繰り返しだった。ある時大暴風になり、あちこちで屋根をむしり、塀を倒したが、庵でも土塀の壁の上塗りを一間半ほど剝ぎ取ってどこかへ吹き飛ばしてしまった。

風は夜中になってもおさまらず、庵はガタ〻〻、ミシ〻〻鳴り、そして砂利を障子に叩きつけてきた。庵に雨戸はあったが、放哉は修行と思って障子だけで寝ていたのだった。その物凄い音はのべつまくなし夜通し続いた。庵の中は荒壁、しかもお大師様を祀った六畳の間以外は天井がないから、すき間風などというものではなく、風はヒューヒューゴーゴー遠慮なく吹き込んできた。入り込んできた風が天井に当たってはね返り、寝ていると、布団ごとそのままフワッと浮き上がるように感じることもしばしばだった。

—樹下石上で野天に晒されて寝ているのと少しも変わらないなぁ。

などと他人事のように思いながら、これも修行々々と我慢していたのだった。

朝、拭き掃除した後バケツの水を井戸端に捨てると、すぐに凍ってしまうほど寒さも厳しくなってきていた。寒がりではあったがもともと我慢強かった放哉は、一燈園に入って以来、どこの寺に行っても炬燵というものを使ったことがなかった。風さえなければ大したことはない、とそう思っていたが、その寒さにはさすがに我慢しきれず、大奮発してとうとうアンカを買った。それ以来、風の吹く日はアンカの入った布団にもぐり込んで体を丸めていた。因みに、星城子と丁哉が、時折何か物を送ってくれる時に、炭代と称して二、三円を同封してくれていたりした。風がなく風が止むと、ソロソロと布団から出て、八畳の間の柱に凭れて机に向かうのだった。風がなく天気のいい日は、本当にポカポカして気持ちがよかった。

—あゝ、これでこそ小豆島だ。

しみじみそう思うのだった。


年の瀬も押し迫り、あと三、四日で年が明けようというある日、急に風呂に入りたい気持ちになった。なんと四ヶ月ぶりの風呂だった。新年が近づいたからなのか、我ながら可笑しいことだと思った。近くの銭湯が午後三時頃から開くというので、それまでに顎ひげと口ひげをハサミでごく短く刈り、頭のてっぺんは禿げていたが、後頭部は伸びていたようだがそのままにして、時間になったのでさっそく出掛けて行った。早かったから客は二、三人しかいなかった。

「あーっ、ほーっ」

湯ぶねに浸かった時、すっかり気持ちよくなって大きく息を吐いた。

浴槽の外に出てごしゞゝ体を洗うと、垢で黒ずんでいた手も足もすっかり白くなった。洗えばこんなに白くなるもんなんだ、と変なところに感心した。さて風呂から上がり、体を拭きながら鏡に映った自分の姿を見た時、愕然とした。顔はさほど痩せたとは思わなかったが、体は、まるで骨と皮だけになっていた。

―痩せたこと、痩せたこと。以前には十四貫近くあったのだが、これでは十貫目もないことだろう。これでは、出来ることといったら掃き掃除くらいなもので、他の労働なんてとてもできないな。あとは早く死ぬばかりか…。ほとほと呆れ返ってしまった。

その年は大正の最後の年だったが、年が明けて一月の二十日、放哉は四十一歳の誕生日を迎えた。一枚三銭五厘で買ってきた油揚二枚を入れた油揚めしを作り、それをムシャムシャ食べて一人だけで祝った。

咳は一向に止まらなかった。杉本に紹介してもらった木下医師の診断に依ると、癒着性肋膜炎に湿性気管支カタルの合併症で、左肺は癒着している、ということだった。かつて満州にいた頃、満鉄病院で、三度目の発病は危ないと言われたその三度目の肋膜炎の発症だった。

木下から薬はもらっていたが全然効き目がなかった。様子を見ながら木下も三度、四度と薬を変えたが、その都度一日位ちょっと効くだけでそれもすぐに効かなくなった。薬代も嵩むので途中服薬を中断したがますますひどくなるので、又呑んでみた。でもやっぱり効かない。それどころか、夜、寝につくとひどく咳き込む。その咳が尋常でなく、腹の中で胃腸を激しく揉み込むようで、咳をすると一緒に腹の中のものを吐き出してしまう。そんな状態だから、夜一睡もできない。腹もすっかり弱り切って、朝早くから目を開いていても起きる元気が出なかった。思い切って起きてもすぐに倒れそうになるので、又布団に入る、そうして又激しく咳き込むのだった。

男はもうすっかり弱り切っていた。木下の薬はもう諦めて、自分の考えで喉に湿布をしてみた。これが意外にも薬より大分効き目があるように感じたので、しばらく湿布を続けてみることにした。だが、それも一時の気安めに過ぎず、やっぱり咳は止まらなかった。

木下のくれる薬はとっくに止めて、咳にいいと聞いて、キンカン、クチナシの実、カンゾウや氷砂糖を煮詰めたものを飲んでみたりしたが、これもあまり効かなかった。そんな状態になってからかれこれ三ヶ月以上になっていた。身体は疲労して、立てばフラフラする。それで、大抵一日の半分位は、風よけの障子を立てて、庵の中では一番風の来ない台所の奥に布団を敷いて寝ていることが多かった。星城子にその辛さを吐き出すように書き送り、藁をもつかむ気持ちで、その年老いた母親が何かいい処方を知ってはいないか、などと訴えかけたこともあった。

期待はしていなかったが最後と思い、木下に皮肉まじりの手紙を出した。

お宅まで歩いて行く元気が巳にない程身体が衰弱しています。今一度、どうしても咳を止める薬を下さい。それでないと、身体の方が衰弱で参つてしまうし、薬代を出していただいている西光寺さんにも申し訳なく、いつそ死んだ方が良いとさえ思つてしまいます。

その結果、木下が今までのものとは違う散薬を出してくれた。この薬が今度はよく効いた。夜咳が出なくなった。咳がないからよく眠れた。腹の方も安泰になってきて、次第に元気が戻ってきた。

―この薬、何か劇薬を使っているかもしれないな。

そうも思ったが、劇薬だろうが何だろうが咳さえ止まればなんでもよいと思った。

ただ、旧暦の大晦日が近づいていたので、薬代のことが心配になっていた。案の定、木下医院から請求書が届いた。その日は二月九日で、大晦日は四日後にやって来る。井泉水が音頭を取って作った後援会からは、多くはないが、時折何某かの送金があった。井泉水に宛てて、請求された薬代の十六円を後援会から至急送ってくれるよう電報を打った。大晦日が近づいてきていたが、井泉水からの送金がなかなか届かない。已む無く、後援会からの送金が入ったらすぐに返すということで杉本に借金を申し入れることにした。すると翌日、杉本の使いの小僧が封筒を持ってやって来た。中には、頼んだ十六円だけではなく、町で買い物をしたツケの分まで入っていた。

―これまでもいろいろ無心ばかりお願いしてきたし、さぞかし迷惑だろうに…。

杉本の心遣いに、放哉は封筒を両掌に挟んで合掌した。

これ以上杉本に厄介を掛けてはいけない、そう思って、旅人に木下の書いた診断書とその薬を送って、同じ薬を作って送ってくれるよう頼んだ。旅人が診断を確認の上で送ってきたのは、例の散薬の他に、注射器と新薬の注射薬だった。二、三日おきに、十回続ければ熱も下がり咳も止まるから必ず打つように、と旅人はきつく命令するように言ってきた。満鉄病院で三ヶ月間打って効かなかったカルシウム注射のことを思い出し、最初、この病気に注射など効くものかと思っていたが、そうまで自分のことを心配してくれる気持ちがありがたく、言われる通りに嫌いだった注射を打ってみることにした。注射が効いてくれれば薬は飲まなくてもよくなると聞いていたので、それも楽しみだった。

病気のことは誰にも知らせないようにと言っておいたが、旅人は井泉水にだけは知らせなければなるまいと思い、その病名を伝えた。すぐに井泉水から身近に呼び寄せて入院を勧める手紙が届いた。このまま庵に居たら、治るものも治らず、それどころか病気は益々悪くなるばかりだろう、放っておいたら大変なことになる、井泉水は黙って見ていられなかったのだった。そんな井泉水に放哉は返事を書き送った。

此の土地…冬、寒気、烈風…書いて居ても、イヤなれ共…放哉此の庵が気に入つてしまつた。考へて見ると、スッカリ周囲から解放されて、他人の顔をみないでもよし、他人と話をしないでもよし、只、イツモ一人で…静で…此の厭人主義ノ私ニ、スツカリ気に入つた。冬は寒風ハイヤだが…なる可く…此の庵デ…他人と、スツカリ（手紙以外ニハ）…交渉を絶ツタ…（不自由、貧弱ダケレ共）…自由勝手な、放哉一人の天地デ、死なしてもらひたい…。

此の「庵」ヲ出ル位なら、全く、死んだ方が（目下《もっか》の自分としては尤《もっと》も適切に）よいのです。一人でいろんな事ヲ考へてます、御許し下さいませ。…何等一ツノ「執着」をも持つて無い放哉故…全く、今の「死」は「大往生」であり、「極楽」であります。

この手紙を読んだ井泉水は、何とかしなければならないと益々焦燥の思いを募らせた。

（二）

話は前後するが、かつて放哉には、生涯を通じて忘れ得なかったある女性との出会いがあった。その女性の名は沢芳衛、放哉―本名は秀雄だった―とは母方の従妹に当たる。二人が出会ったのは芳衛が十四歳の時、秀雄は十五、中学四年の時だった。

芳衛の家族はもとは大津に住んでいたが、事情があって鳥取に移り住むことになった。移った先は、慈姑田《くわいだ》にある秀雄一家が住んでいた家だった。その家を譲って、そこから歩いて十分ばかりのところに一家は移り住んだ。家が近かったせいもあり、住んでいた懐かしさもあったのか、彼はよくその家を訪ねた。芳衛は六人兄妹で、兄が四人に弟が一人いたが、二つ違いですぐ上の静夫が好きで、何をするにも、どこに行くにも、いつもくっ付いていた。秀雄も静夫とよく気が合ったので、三人はすぐに仲良くなった。

ある時こんなことがあった。

母親のお使いか何かで芳衛が出かけていて留守の時、秀雄が沢家を訪ねた。静夫もじき戻るので上がって待っているようにと、母親は秀雄を芳衛の勉強部屋に通した。このように気安くその部屋に通すのは、実はそこはもと彼の部屋でもあったからだった。かつてを懐かしむように机に向かい、目の前にあった本などをしばらく読んでいたが、二人がなかなか帰ってこなかったので、いつしかウトヽヽとうたた寝をしてしまった。当時の校友会雑誌に、こんな句が載ったことがあった。

よき人の机によりて昼ねかな

「よき人」とは、私のことを言っているのではないかしら、その句を見た時芳衛は勝手にそう思って、うれしいような、恥ずかしいような、なぜか少し胸騒ぎがした。

静夫は次の年金沢の第四高等学校に入った。だからその頃三人が揃うのは休暇で帰省して来る時位だった。休暇中は毎日のように、三人はいつも一緒に遊んだ。庭の奥の方に小さな池があり、そのそばに大きな涼み台があった。そこに三人で腰かけたり寝そべったりして、夜遅くまで話をした。と言っても、秀雄と静夫の二人が、当時話題だった雑誌の「明星」に載っていた白秋や啄木の詩や短歌、晶子の「みだれ髪」のこと、又「ホトトギス」の句のこと、はたまた鏡花や蘆花の小説のことなど、二人の話題は次から次へと続きひどく愉快そうにしていた。芳衛は話の中に入ることができず、二人がそんな風に話しているのをただ黙って聞いているだけだった。それでも芳衛はそこに居たくて、いつも二人の傍に座っていた。

こんな三人のことを、沢家の両親は喜んで許してくれていた。尾崎の家では、母親は認めていたが、問題は父親の方だった。彼は地元の裁判所で書記長を勤めた人で、口数の少ない、かなり厳格な人だったが、ただ、このように秀雄が沢家に出入りすることについては、なぜか叱ったりすることはなかった。

そんなある日、こんなことがあった。いつものように当時流行っていた小説のことを話していた二人が、ふとした話の合間に、急にその矛先を芳衛に向けた。その頃流行っていた大衆小説に、「雲嶽女子」という変わった名前の女が登場するものがあり、それについて話していた時、静夫が「うんがく、うんがく」と言って芳衛を揶揄《からか》った。芳衛はそれを嫌がって抵抗していたが、今度は秀雄が、「尾張大根、尾張大根」と言って揶揄い、二人は手を打って大燥《おおはしゃ》ぎした。そんな時芳衛は、兄には何と言われてもかまわなかったが、秀雄に「尾張大根」だなどと言われることは本当に辛く、悲しくて恥ずかしくてたまらない思いだった。

本好き、文学好きの秀雄だったが、所謂蒼白い文学少年という訳ではなく、体が丈夫で運動好きだったので、野球の好きだった彼は、中学の仲間たちと野球チームを作って対抗チームと争ったり、夢中で野球に明け暮れしてもいた。一方、その頃俳句も盛んに作っていて、中学校の校友会雑誌にそれらの句がよく掲載されていた。

手紙や葉書を書くのが好きだったので時々芳衛に絵葉書を書いて送り、そこにはたいてい句が書かれていた。絵葉書には、きれいなものや楽しいものやいろいろあったが、その中に、彼女が椿を大好きなことを知っていて、見事に咲き開いたピンク色の椿が大写しに描かれたものがあった。たいそうきれいなものだったので、芳衛は後々までそれを大切にしていた。

椿と言えばもう一つ芳衛が思い出すことがあった。彼女が女子大を卒業したすぐ後のことだが、秀雄はその頃、難波という友人や他に同級の二人と、ある一軒家を借りて共同生活をしていた。一度見に来ないかと言うので、どんな生活をしているのか興味もあったので、そこを訪ねたことがあった。部屋に入ってぐるっと様子を見まわした時、部屋の真ん中に置いた卓袱台の上に、藪椿が大きい空き缶にもりもりと挿してあった。それを見た彼女は、とっさに顔が真っ赤になってしまった。というのは、いつのことだったか、彼女が秀雄に、藪椿をたくさん植えてその真ん中に家を建てて住みたい、などと言ったことがあったからだった。彼は、彼女が椿が好きなことを、殊にあの素朴な風情の藪椿が好きなことを知っていて、その時おそらく隣の藪の中から摘んできて、そんな風に飾っていたに違いない。

彼女が後で知ったことだが、秀雄が常高寺にいた頃こんな句が作られていた。

好きな花の椿に絶えず咲かれて住む

お寺の境内に、もしかしたら椿の木があったのだろう。この句を目にした時、彼女は何かすごく切ない思いがした。

芳衛が十六の時のことだった。秀雄が上京する直前の夏の夕暮れ、慈姑田の家から彼の家まで二人連れ立って行ったことがあった。何かのお使いで彼女を迎えに行き、一緒に彼の家へ歩いて行ったその道行き所々に鳳仙花が生えていて、花の時期はもう終わっていて実がたくさんついていた。その時、二人はその実をはじかせて遊びながら歩いた。彼が小豆島にいた頃に作ったこんな句がある。

鳳仙花の実をはねさせてみても淋しい

「芳さんも俳句を作るといいよ。歌よりよいぜ」

家に近づいてきた頃、秀雄が言った。

「えゝしますわ。秀さん教えてね」

「ウン、もちろんさ。どしゞゝやってごらん、芳さんにもできると思うよ」

その時西の空は鮮やかに夕焼けていて、なだらかな遠い山並みがくっきりとしたシルエットになっていた。

「夕焼けがとってもきれい」

「ほんとだな」

二人は立ち止まって並んで、しばらくの間夕焼けに見惚れていた。

その頃芳衛は短歌に興味を持っていて、その後も短歌に親しんでいった。

―もしあの時俳句の道を選んでいたら、二人の絆は、生涯切れることなくずっと続いていたかもしれない…。

後になってこの時のことを思い出す度に芳衛には悔やまれてならなかった。


それから間もない九月、成績優秀だった秀雄は第一高等学校文科に合格し、上京して行った。翌年の四月、芳衛も日本女子大学に行くことになり上京した。静夫は医学の道を志して、一足先に上京し、東京帝大に通っていたので、東京でもまた三人は、以前のように時折一緒の時を過ごせるようになった。

東京での芳衛の下宿先は静夫が決めた所だった。それは小石川の坂根という家だった。当時芳衛は秀雄の影響もあって、たまに近くの禅寺に行ったりしていたが、静夫は女子には禅は危ないと言って、初め外国人の宣教師の家に入れた。ところがそこが事情で解散になったので別のところを探していた時、たまたまだったが、鳥取の人で評判の良かった坂根家が、家を塾のようにして女学生の面倒を見たいということだったのでそこに決めたという次第だった。坂根家の子は女ばかりだったが、その中に十二歳になる、器量よしだったが病気がちで時々伏せっていた娘があった。

そこに秀雄は時々芳衛を訪ねた。

「芳衛さーん、お客様がお見えですよー」

大きな声で階下から呼ぶ声がした。

「はーい」

と大きな声で答えて、彼女はいそゝゝと階段を駆け下りて行く。階段の途中で秀雄と目が合い軽く会釈する。すると秀雄がそれを見てニコッと笑った。

「おば様、ありがとうございます」

そんな時はいつも、あの病気がちの娘が母親の陰で着物につかまって隠れ、顔だけのぞかせて、玄関先に立つ白線二条の丸帽姿の彼を恥ずかしそうにしながら見上げていた。彼はこども好きだったので、その娘にと、いつも甘いお菓子などをお土産に持って行った。玄関の脇に、客が訪ねて来た時に使う小さな応接間のような部屋があって、いつもその部屋に二人は案内された。

三人上京したとはいえ、普段はそれぞれの勉学にいそしんでいたのでめったに会う機会はなく、二人が揃って会うのは夏休み位しかなかった。鳥取との往き帰りの道行きは、いつも三人一緒だった。往き帰りの道中、そして夏休みの間は、ほとんど毎日毎晩三人は話したり遊んだりした。

と言っても、静夫と秀雄の二人は、小説のことやら何やら盛んに話しては笑い合ってひどく愉快そうにしていたが、相変わらず芳衛は二人の話に啓発されるばかりで、ただ黙って聞いてばかりいた。でもそんな時彼女は少しも淋しいとは思わず、心は満たされていた。

芳衛が来春卒業という最後の夏休み、秀雄が一高を卒業して、学科は法科だったが静夫と同じ東京帝大に進学直前のその夏休みの終わり頃、三人で舟遊びに行った。鳥取では、舟を借りて時には親類中総出で、釣れた魚を舟の中ですぐ料理して食べたりして、みんなで楽しく遊ぶ風習があった。三人は朝から舟をこぎ出して沖の方に出て、男二人は魚を釣っていた。因みに、秀雄は一高の漕艇部で活躍する選手だったので、舟を漕ぐのは得意だった。

昼になって、二人が釣った魚を芳衛が料理する段になった。そんなことはそれまでやったことがなかったので無茶苦茶なことをした。見た目もひどく、もちろん味付けにも自信などなかった。

「芳ったら、誰のところに嫁《ゆ》くのかは知らないが、このけっこうなお料理を、まあ頂戴致しましょうか」

と静夫が例によって彼女を揶揄った。

すると、いつもならばそれに合わせて面白く囃し立てて揶揄う秀雄が、急に真面目な暗い顔になりむっつりしてしまった。その時彼女は、何が彼の気に障ったのだろうかとその訳が分からずおろおろした。敏感な静夫がその顔色に気が付かないはずはなかったが、その時は知らん顔をしていた。それから、ともかく三人でその料理を食べて、家に帰ったのがひどく遅くなってしまい父親からひどく叱られてしまった。芳衛にとってその日は、踏んだり蹴ったりの悲しい日となった。

九月に入ってすぐ三人は上京の途に就いた。新橋駅から三人はそれぞれ自分のところへ帰るのでそこで別れた。するとその翌日、秀雄から芳衛のもとに厚い封書が届いた。何事だろうと思いつつ封を開けてみた、

これに巻いてある手紙を読んで賛成ならばそのまま国へ送つてくれ、もし不賛成ならばすぐ火中に投げ入れて今まで通りに。

そういう書き出しだった。

あの舟遊びの昼、芳さんが作つた魚料理を見て静さんがからかつて言つた言葉を聞いた時、芳さんが今や学校を卒業しようとしている、卒業して帰れば他所へ嫁いでしまうのだとはつと気が付いて愕然とした。帰りの汽車の中、静さんを正面にして俺たち二人三号車の狭い腰かけに並んで座つていた。芳さんは肩すれ〳〵に眠つていた。何んにも思はずよく眠れるものだ、そう思ひつつお前の横顔を見つめていた。この汽車の夜、俺は一睡もできなかつた。あゝどうしたらよいか。新橋から下宿に帰つてすぐにこの手紙を書いて出した。

その巻かれてある手紙というのは、彼の両親に宛てたもので、こんな趣旨の手紙だった。

まだ黄嘴の私如き者が、かゝる事を申出づるは甚申訳なき事ながら、芳さんに関することにて、芳さんが今将に学校を卒業せんといたしをり、事が切迫いたしをるにつき…芳さんとの結婚をお許し頂き度し。之は決して軽薄なる考へにては無之《これなく》、又今日迄、芳さんとかゝる事を語りし事は一度も無之、公明正大なる両人に有之《これあり》、私としては、十分に考慮いたしたる結果に有之候。

これを読んだ芳衛はその内容に驚き、青くなってしまった。彼女にしてみれば、それ迄、好きな人ではあったが、兄のように思っていた秀雄が、でもただの兄とはちょっと違ってはいたが…。静夫には何を言われようとも少しも何ともないが、秀雄に言われることは一言一句考えさせられ、心に掛かってはいた。だが、まさか結婚なんていうことは考えもしなかったし、又彼が自分のことをそんな風に思っていたとは思いも掛けなかった。うれしいような、ありがたいような恥ずかしいような、彼女はどぎまぎしてしまった。自分の手に余り、とにかく静夫に伝えなければと思い、すぐにその手紙をそのまま送った。だがその時既に秀雄は静夫の所へ行って、彼女にそういう手紙を出したことを打ち明け、許しをも乞うていたのだった。静夫は、日頃敬愛する彼が妹をそんなにまで思ってくれていたのかと大いに喜び、その時二人は手を取り合って泣いた。

　だが、既にこの時悲劇は始まっていた。気持ちの昂ぶりがおさまった静夫の頭に、「血族結婚」という言葉が突然湧き起こっていたのだった。その頃、雑誌や何やらで、学者達が挙って血族結婚の弊害について書き立てていた。静夫は医学生だったから、そのことについては当然強い関心を持っていた。そこで、心配した彼は、二人の事で友人や先輩達の意見を聞いて回り、最後に病理学の権威である恩師の山根教授のところに行き相談したが、結局やめた方がいいという結論になった。彼は秀雄に事の次第を話した。あらかじめある程度覚悟は決めていた秀雄は、その間一言も言わず、ただじっと彼の話に耳を傾けていたが、話が一通り終わった時、

「そうですか。分かりました」

　大きくゆっくり頷いて、それだけぽつりと言った。

　二人が坂根宅の芳衛のところにやって来たのはすぐその日のことだった。彼女は二人の前に膝をそろえて座った。二人は怖い目でじっと彼女を見つめていたが、とうとう静夫が口を開いた。

「なあ、芳、今日山根先生にも相談に行ってきた。やっぱりいけないと言われた…。ちっとも淋しくはないよ。これから秀さんとは、今までより一層堅い兄弟となってゆくんだ。ねえ、芳、いいか…」

「芳さん、それでよいなあ…。芳さん、これからは遊びにも来るよ…」

　秀雄が言った。

　彼女は一言も言わず、両の掌を膝の上でぎゅっと握りしめて俯いていた。こうなるのではない

かと彼女はうすうす思ってはいた。だがそれが本当になってしまった…。急に目頭が熱くなりひと筋涙が流れた。彼女は俯いて、小さく体を震わせてたゞゞ涙を流すばかりだった。

秀雄は芳衛に結婚したいと告白し、芳衛は自分も彼のことを好きだったと気付いてその気持を受け入れた。お互いの気持ちを知ったその直後、本当にその数日後、二人の将来が許されないものとされてしまった。

それからの彼女は、一人で部屋にいる時など、急に胸が一杯になって苦しくなってしまったりした。いろいろな思い出が一度にどっと押し寄せてきて、突然涙がこみ上げて来たりした。時には、彼との思い出の情景が圧倒的に押し寄せてきて、もう堪えきれず、ハンカチで目頭を押さえたまま泣き崩れてしまったことも度々だった。


しかし、その頃もまだ二人は頻繁に手紙や葉書のやり取りはしていた。たゞ時折秀雄からの音信がしばらく途絶えることがあった。そんな時彼女の気持ちは塞ぎ切ってしまい、まるで病人のように寝込んでしまったりした。秀雄とて同様で、彼女がしばらく便りを出さずにいると、心配でいたたまれなくなって、病気は大丈夫か近々遊びに行くぞ、などと葉書を送ったりした。彼の送った便りには大概句が書き添えてあった。ある時の葉書には、いつものようにその日に起きた出来事などが書かれてあり、最後にこんな句が添えてあった。

木犀に人を思ひて徘徊す

秀雄も、どうにもやり場のない思いに堪えきれず、下宿を飛び出し、あてどなくあちこち歩き廻っていたのだった。

＊　＊

その頃の秀雄の日記帳には、芳衛への切々とした思いが綿々と綴られていた。

七月某日

うつむきてふくらむ一重桔梗かな

芳さんを思い出す時には、たゞだまっている芳さんを思い出す。やさしい、女らしい芳さん、気高くてそして清らか。信頼できる人。

腹の真底を割って話ができる人…。

そして不思議だけど、俺は時々おまえの中に母を見ることがある。母上より母らしいおまえ…

おまえがいれば、おまえさえいれば俺は安心していられる。そして俺は、おまえの海の中で悠々と泳いでいる…。

月並みだけど、とにかくやっぱり天使としか言えない。君は俺の天使なんだ。

八月某日

団栗《どんぐり》を呑んでや君の黙したる

今夜も三人で楽しかった。珍しくおまえが何か話し始めたのでじっと目を見つめていたら、急に俯いて押し黙ってしまった。もっとおまえの声を聞いて居たかったのに…。

俺は、静さんに会って話すのはもちろん楽しいが、毎日慈姑田に行く本当の理由はおまえに逢いたいからだ。俺は一日でもおまえの顔を見ずにはいられない。おまえと逢えば、ずっとずっと、いつまでもおまえと一緒に居たい。そうこうする内にどんどん時間が遅くなってしまうので仕方なく帰ることになるが、又すぐに、戻っておまえの顔をもう一度見たくなってしまう。その気持ちにやっと堪えながら家路につくんだ。毎日々々そんなことの繰り返しなんだ。

九月某日

今日、俺と芳さんとの結婚の道は鎖された。これからはたゞの兄妹として付き合ってゆくしかない。でも、これほど好きな人を前にして、たゞの妹として見るなどということが一体できるんだろうか…いや、そんなことできるわけがない。

では、結局どうにもならないのだから諦めろというのか。それも無理だ、無理だ…。考えれば考えるほどどうにもならない。俺は一体どうしたらいいんだ。

九月某日

世の中に、そんな簡単に片の付くことなんてありはしない。だめだったら諦める…言うのは容易い。そんな簡単に諦められるとしたら、そんな楽なことはない。そんな簡単に諦められるとしたら、こんなに苦しまなくても…。だめだ、誰か何とかしてくれ、誰か助けてくれ。

十月某日

俺と芳さんとの関係…何でこんなことになってしまったのか、何かの呪詛なのか、何の因果でこんな目に遭わなければいけないのか。俺や芳さんが一体何をしたというのか。どこにこの辛い気持ちをぶつけたらいいのか。さっぱり分からない。さっぱり分からない…。

十月某日

あゝあの頃に戻りたい。たゞ一緒にいるだけで心が満たされて幸せだった。他に何もいらない、芳さん、おまえがそこに居るだけですべて満ち足りていた…。

今もその気持ちに変わりはなくても、あの頃とは違って未来は鎖されている。二人に未来はないんだ、芳さん。自分の生涯で一番愛しい人を諦めなければならないなんて…。

心は必死に君を求めてあがいていても、頭は諦めろ、別れろと迫ってくる。そうこうしている内に目の前が暗くなり、胸が締め付けられ苦しくなって、心が千々に乱れて来て…もう居ても立ってもいられなくなって外へ飛び出し、あてどもなくただひたすら歩き廻るんだ。芳さん、何とかしてくれ。俺は間違っていたのか。我過てり？　俺はどこで間違ってしまったのか…。

十一月某日

重苦しい朝がまたやって来た。俺は毎晩、もうこれっきり眼が覚めないでほしいと念じながら床につく。でも朝は来てしまう。朝目覚めると必ず目に涙が溜まっている。そのままじっと天井を見つめていると、涙が耳に流れ込んでくる。熱い涙が…。でもどんなに泣いたところで何も変わりはしない。二人の未来に何の希望もありはしないんだ。

十一月某日

あゝ、どこを向いても真っ暗闇だ。慰めもない。希望もない。たったひとりぼっち。怖ろしい孤独の中に立ち竦んでいる—。
どんな人間であっても耐えられる限度がある。そんな感情が限界を超えた時、心は切れて—。

十一月某日

誰が何と言おうと、俺以上に芳さんのことを分かっている人間はいない。芳さんの話すことには俺はすぐに共鳴し、一体になれた喜びを感じる。芳さんにしても俺に対して同じ思いを持っているに違いない。世界中の一体誰が俺以上に芳さんとこれほどまでに分かり合えると言うんだ。俺だけが芳さんを、芳さんだけをこれほどまでに切実に、心から思っているというのに、なぜ芳さんを俺のものにできないのか…。
俺は時々想像することがある。もし俺たちが結婚することを許されたとしたら、そしてもし俺が、こんなに愛しい芳さんをこの胸に抱きしめることができたなら—あ、、想像するだけで身震いがする。

十二月某日

あの日以来、俺の心の中にはぽっかりと穴が開いてしまった。どうにも満たすことのできないこの虚しさ。もう二度と埋めることのできないこの空白。芳さんは、大事な大事な俺の心の一部、いや全てだったんだ。その芳さんを失くしたら一切が虚しくなってしまう。俺の心は死んでしまう。生きていることに意味が無くなってしまう…。

一月某日

芳さんを俺に—。俺は芳さんと一緒にいるだけで幸せなんだ。結婚しても子供はつくらない、だから芳さんとの結婚を許してくれ。そう何度も懇願したよね。周囲は皆んなだんだん二人のことを認めてくれるようになって来ているのに、あんただけが頑なに反対する。あんただけが…。でも、あんたが賛成してくれない結婚では二人は幸せにはなれないって分かっている…。静さん、どうしてだめなんだ。あんたさえ賛成してくれたら…。あんたが憎い。何故あんたは、こうまで頑なに俺たち二人の邪魔をするんだ。もしかして、本当はあんたは、芳さんを俺に取られたくない？　…俺はあんたを恨む。一生恨んでやる…。

いっそのこと心中？　破れかぶれでこんなことを考えてしまう。

だめだ、自暴自棄になんかになってはいけない。それでは世の薄弱男女と同じになってしまう…。

＊　＊

この頃、芳衛のもとに難波から突然一通の手紙が届いた。名前は知ってはいたものの一度も会ったことのない人からの手紙だったので、一体何だろうと訝しく思いながら封を開けてみた。内容はこんなものだった。

此のごろの尾崎は、友人としてとても見ておれません。今までみなと楽しく談笑していたかと思うと、突然下を向いて黙りこくってしまい、じっとどこか一点を視つめて何か考え込んでしまうのです。しばらくすると小さく肩を震わせて嗚咽し始めます。声を圧し殺して辛そうにするのを見ているこちらが堪りません。その姿を見ていると、声を掛けようにもどうにもしてあげることができず、皆でただじっと見守っているばかりです。

白面《しらふ》では辛さに耐えきれないようで、近頃は酒に憂さを紛らすようになりました。尾崎の酒はもと〻上機嫌になって人を愉快にする質の良いものだったのですが、今その姿は全く見られません。一旦飲み始めると際限なく飲み続け、その内に目がすわって来て、やがて人に当たり始め手がつけられなくなってしまいます。そんなことが度々なのです。

尾崎がこんな風になったのは一体誰のせいですか。聞けば、あなたは結婚するのはいや、さりとて絶交するのもいやと言われるそうですね。そんな訳の分からぬ話がありますか。尾崎は必死で忘れよう、諦めようとしている。

そんな尾崎にしてみたら、あなたの煮え切らない態度はひどく残酷なものだ。早く尾崎を助けてやって下さい。友人として今のような尾崎の姿はもう見たくありません。

やむに已まれず、面識もない非礼も顧みずにこんな手紙を差し上げることになりました。

一方的に責められているその手紙を読み終えて芳衛は悲しくなった。その頃は芳衛とて秀雄と同じ思いで辛い日々を送っており、ひとりさめ〴〵と泣き濡れて枕を濡らしたことも一再ではなかった。

＊　＊

三月某日

このままではいけない。自分の気持ちにどこかでけじめをつけなければいけない。

芳さんは四月になれば卒業し、じき鳥取に帰ってしまう。鳥取に帰れば遠からず誰かと結婚するることだろう。そうなれば芳さんとはもう二度と会えなくなってしまう。悲しいけれどこれが現実なんだ。この現実を受け入れなければいけない。冷静になれ、冷静になれ。

そうだ、芳さんとはもう最後だから、静さんに話して二人だけのお別れ旅行をさせてもらうことにしよう。芳さんと二人だけの最後の旅行だ。一生の思い出として、この心にしっかりと刻み込むんだ。


その二、三日後、秀雄は静夫の下宿を訪ねた。

「芳さんもいよいよ卒業し、鳥取に帰る時が来た。自分はこの夏休みには帰省しないつもりだ。今後芳さんとの交際も自然に終わり、もう会うこともないだろうと思う。ついては一つ願いを聞いてもらえないだろうか」

「何でも言ってくれ」

静夫が頷いて言った。

「芳さんと二人、一日東京を離れてゆっくり別れを惜しみたいと思っている。どうか許してくれまいか」

「分かった。勿論いいに決まっている」

静夫は、何も自分の許しなんか得なくても彼の自由にすればいいと考えたが、そこが彼の彼たる偉いところ、敬愛すべきところと思った。

「俺は秀さんを絶対に信じているし、勿論芳のことも信じている。近々暖かくて日和のいい日を選んで、心ゆくまで別れを惜しんでくるといい」

静夫にしてみれば、二人の心事を思って堪え難いものがあり、少しでも心の慰めを得てくれるのならばというせめてもの気持ちだった。坂根の家には、心配せぬよう彼から手紙を出してくれることになった。

間もなく秀雄から芳衛宛に手紙が届いた。

静さんから手紙が行っただろう。芳さんも賛成してくれ、そしてどこへ行きたいか考えておいてくれ。明後日、いい天気だったら朝早く迎えに行くから。

その日の朝、秀雄は芳衛を迎えに行き、彼女は袴は着けず紺絣の羽織姿で出掛けた。この時、坂根の母親が玄関先まで送りに出た。

芳衛は三年間どこへも行ったことがなかったので、まず鎌倉に行きたいと思い、そこへ連れて行ってもらうことにした。鎌倉は、秀雄は時々参禅に行ったりしていて詳しく、大仏や建長寺、円覚寺など方々案内した。彼女には珍しいものばかりで見飽きることはなかった。ある道行き、野辺に出て、二人で摘草をして遊んだり、浜辺で砂山を作ったり水遊びなどをした。

渚白い足出し

放哉が小豆島にいた頃に作った句だ。

最後江の島に渡り、洞などを見て、日も暮れてきたので戻り、電燈の明るく灯された小さいけれど趣のある宿へ入った。

宿では、文学談をしたり、句作をしたり、歌を詠んだりして、二人だけの楽しい時を過ごした。いくら話していても話は尽きず、二人でそうしていられる時間がもったいないと思って話したり遊んだりしている内に、時はみるゝゝ過ぎていて、気が付いたら夜は白々と明けはじめていた。もうこんな時間になっていたのかと思ったその時、秀雄があらたまって芳衛の目を視つめて言った。

「芳さん、いよいよ帰るんだなあ。そうしたら誰かのところへお嫁に行ってしまうんだ」

少しの間気まずい沈黙が続いた。

「でも芳さんはお嫁に行ったら一人苦しむに違いない。かわいそうだなあ。その時もし堪えられなかったらいつでも俺のところへおいで。俺はいつでも大手を広げておまえを待っているから」

でも彼女は、秀雄を措いて他の人のところへ嫁《ゆ》く気など更々なかったので、彼の口から出たそんな言葉を聞いて急に心が沈み、じっと黙って俯いていた。

「そうだ、カルタ遊びをしましょ」

気を取り直して芳衛が言い、巾着袋の中から持ってきていた百人一首の札を出した。

「さ、取札を並べましょ。いいこと、秀さん、やり方はこうよ。取札は覚えずにさっさと並べる。並べながら覚えちゃだめよ。並べ終えたら上を向いていること。読札は一首ずつ交代で読むの。それも上の句の頭の五音だけ。その時絶対に下の句を見ないこと。分かった、秀さん」

「うん、分かった」

「じゃあ秀さん、取札を混ぜて」

彼が取札を全部裏返しにしてごちゃごちゃに混ぜた。混ぜた札を二人で二十五枚ずつ揃え、四つの山に分けた。

「こっちの山は俺の」

「じゃあ、こっちは私の」

二人が取札を並べ始めた。芳衛の手際は良く、札は見る間に畳の上に並んでいった。一方で秀雄の札の並びは遅かった。

「だめよ秀さん、ずるいわ。覚えながら並べてるでしょう。覚えずにさっさと並べて」

「分かったよ、芳さん。芳さんは厳しいなあ」

二人はそれぞれ札を並び終え、下を見ないようにして互いに顔を見合わせた。

「じゃあ、最初は私から札を読むわね」

「よし、始めよう」

「じゃあ行くわよ」

「うん」

「ひとはいさぁー」

二人は互いに身を乗り出して真剣に札を探した。

「ハイッ」

芳衛が早く札を押さえた。

「人はいさ心もしらずふるさとは花ぞ昔の香ににほひける。はい、貫之の歌ね。じゃあ今度は秀さんが読んで」

読み札を渡した。

「あさぢふのぉー」

二人はまた身を乗りだして、上体を左右に揺らして札を探した。

「ハイッ」

また彼女が先に札を押さえた。彼も同じ札に手を伸ばし掛けていたが彼女の方が僅かに速かった。

「そうね」

「浅茅生の小野の篠原しのぶれどあまりてなどか人の恋しき。切ない歌だね」

「うーん、それにしても芳さん強いねぇ。よし、今度こそ俺が取ってやるぞ」

「ふん、負けるもんですか。じゃあ、いくわよ」

読み札を手にして、一息入れてから読み始めた。

「よのなかよぉー」

「それっ」

今度は彼の方が素早く彼女の目の前にあった札を払った。

「キャッ」

札に手を伸ばし掛けていた芳衛は、彼の勢いに驚いて思わず叫んだ。

「へ、、どんなもんだい」

得意気に胸を張った。

「ふん、何よ。次は私がきっと取ってやるから」

「世の中よ道こそなけれ思い入る山の奥にも鹿ぞなくなる。誰の歌だったたっけ」

「取ったくせに知らないの。俊成よ。俊成の気持ちに同情するわ」

「本当だ。俊成も世の中の冷たさに辛い思いをしていたんだね」

二人の間に少ししんみりした空気が流れた。

こうしてカルタ遊びに興じていた二人だったが、取ったり取られたりしている内に取札の数はかなり減ってきており、お互い数えてみると、取った札の数は芳衛の方が少し多かった。

「和歌を専攻してるだけあって、芳さんはやっぱり強いなぁ。でもまだ勝負はついていないよ。芳さんなんかには絶対に負けないぞ」

取札は七、八枚になって二人の正面に横並びに置かれていた。

「よし、今度は俺の読む番だ」

ブルブルッと頭を振り、気持ちを入れ直して秀雄が読み始めた。

「せをはやみぃー」

「それっ」と、芳衛が手を伸ばそうとしたその瞬間、僅かに速く秀雄が札を突いた。

「へゝ、どんなもんだい」

「ふん」

胸を逸らすようにして自慢気にしているその顔がとても憎らしく見えた。

「瀬を早み岩にせかるる滝川のわれても末に逢はむとぞ思ふ。さあ、さあ、続けて行こうか」

わざと悔しさを煽るような口ぶりで読み札を渡してきた。表情を引き締めて芳衛が読み始めた。

「ゆらのとをー」

今度は彼女の方が素早く手元近くにあった下の句の札に手を伸ばした。ほぼ同時に、彼も体をのりだし同じ札に手を伸ばした。二人の顔と顔が近付き、手と手が重なった。その時同時に、二人の体に電流が走った。二人はそのまま息を呑んで、重なった手と手を暫くじっと視つめていた。

「芳さん」

詰まるような声で秀雄が呼び掛けた。芳衛は惑乱し、無言のまま何も答えられずにいた。

「芳さん」

秀雄がまた呼び掛けた。と同時に両手で芳衛の手を取り、拝むように額に押し当てた。彼女は一層混乱し、腕の力が抜けてされるがままになっていた。芳衛の心に煌めくような予感と怖れが同時に過《よぎ》ったその時、

「芳さん――」

秀雄が、感極まった声で呼び掛けたかと思うと、一歩踏み出して彼女の体に手を回し、そのまままそっと押し倒した。カルタの札が散乱した。二人の真剣な目と目が視つめ合った。秀雄は芳衛をかき抱き、微かに震えて口籠っているその唇に自分の唇を近付けていった。二人の間に一瞬時が止まりかけた。でもその時、芳衛ははっと我に返り、必死に顔を背けた。

「秀さんだめっ。お願い、やめて」

首を夢中で左右に振った。すると彼の動きが止まった。芳衛はすかさずそっと腕を解きほどいて身を起こし、乱れていた裾を整え、少し下がって座り直した。

「ごめん」

秀雄は彼女の前でひれ伏すように蹲っていた。

「秀さん、やめましょ。こんなことをしてはいけないわ」

芳衛はもうすっかり正気を取り戻していた。

「もう寝すみましょ」

そう言って立ち上がり、敷いてあった布団に包《くる》まった。彼は、消沈したように、少し離れて敷いてあった布団に静々と潜り込んだ。二人はなかなか寝付くことができず、結局ほとんど一睡もしないまま朝を迎えた。そして早めに朝食を摂るとすぐ、そのまま宿を出て、東京への帰路に就いた。

新橋駅に着けば二人は別れることになる。帰りの汽車で二人は向かい合わせに座り、車窓に流れる外の景色を眺めていた。二人とも少し無口にはなっていたが、時々目と目が合い、そんな時はお互いに少し強ばった気まずそうな微笑みを交わしたりした。こうしている時が終わらずに、このままずっと続いていてほしい、二人はそう思っていた。だが、汽車はやがて新橋駅に着いた。

「芳さん、楽しかったよ。本当に楽しかった。俺は一生忘れない」

「秀さん、私も。この旅行のこと、きっと、きっと、生涯忘れないわ」

駅頭に出て、芳衛はそこに待機していた人力車の一台に乗り込んだ。

「じゃあ、サヨナラ」

そう言って秀雄は芳衛の目を射抜くようにじっと視つめた。名残惜しくて、芳衛もじっと秀雄の目を視つめた。

「さよなら」

わかれを云ひて幌をろす白いゆびさき

小豆島での句だ。


四月の下旬、卒業した芳衛は、いよいよ鳥取に帰ることになり、二人が新橋駅まで見送りに行った。秀雄は少し離れたホームの柱のそばに立って、何も言わないでじっと見送っていた。静夫は車窓のすぐ外に立ち、

「これ、旅の途中で食べるようにと秀さんからだ」

と、小さな化粧袋に入ったゼリービーンズを手渡した。ゼリービーンズは彼女の大好物だった。離れてじっと立っていた秀雄は軽く頷きながら、一生懸命作り笑いを浮かべていたが、目には涙をいっぱい溜めていた。

発車のベルが鳴り響き、汽車がゆっくり動き出した。離れてゆくにつれて、芳衛は顔を少し車窓の外に出して、振り返りながら二人に手を振った。静夫は右手を高く挙げ、大きく振っていた。

秀雄は、その斜め後ろに淋しそうに立ち小さく手を振っていた。

その数日後、芳衛のもとに手紙が届いた。

小生、今日、芳さんの心血を注いだ手紙や葉書、それに芳さんとのことを綴った日記帳を、一つゝゝ懐かしく読み返しながら、涙を以って火の中に投じ焼き棄てました。芳さんも、小生の手紙を持って他家にゆくのはよくないから、同様にすべて焼き棄ててくれ。

彼女も彼の言いつけに従って数十通の手紙や葉書を焼いてしまった。ただ、その中であまりに懐かしいものや、墨痕鮮やかな俳句の部分を切り取ったりなど、大切なものは手箱の底に秘めておいた。

一旦は鳥取に帰った芳衛だったが、翌年の夏の終わりに再上京した。というのも、帰郷後しばらくすると、母親は、親戚から勧められる縁談話をあれこれと持ってきた。一緒になるのは秀雄だけ、と心に決めていた彼女にとってはそんな話はただ煩わしいだけで、いつも口論になってしまうのだった。周囲のそんなこんながとうとう堪え切れなくなって、また上京することになった訳だ。当初しばらくは坂根宅に世話になっていたが、やがて母校日本女子大の代用教員に採用され、学校の桜寮というところに入ることになった。まだ坂根宅にいたその頃、秀雄は時々彼女を訪ねて行った。天気の良い日には、近所を一緒に散歩したりもした。途中可愛い小さな花を咲かせている秋草があったりすると、以前のように二人で摘んだりして遊んだ。

ただ、その頃の芳衛には少し気になっていることがあった。その頃秀雄は熱心に句作していて、ホトトギスや新聞の「国民俳壇」に投稿した句が時々掲載されたりしていた。その年のホトトギスの十二月号に彼の句が載った。句調も今までのものと少し違っていたが、句そのものよりも、今まで使っていた「芳哉」の俳号が、「放哉」に変わっていた。少し嫌な予感のようなものも感じたが、句の内容によって俳号を使い分けているようにも思ったので、その時はそれ以上は気には留めなかった。

次の年、ホトトギスの二月号にこんな句が載った。

別れ来て淋しさに折る野菊かな

芳衛を訪ねて行ったその帰り、別れてきた際の淋しさを詠んだ句だろう。でもそれだけではない何か翳のようなものを彼女はこの句に感じた。二人に未来がないことの淋しさを一人噛みしめて、それに対して為す術もなく路傍に咲く野菊を手折っている姿、そんな淋しそうな姿を感じたように思い、その時は彼女も少し考え込んでしまった。

そう思っていろいろな句をあらためて読み直してみると、今までのような素直な感じの句の中に、時折そうでない屈折した感じの句が混じってきているように感じられた。こんな句もみつけた。

数の中唖蟬もあるあはれかな

自分を鳴きたくても鳴けない唖蟬《おしぜみ》に見立てている、芳衛はそう直感した。信じたくはなかったが、彼の心の中で明らかに何かが起きている。その時、何か胸騒ぎを感じてひどく不安な気持ちになった。

秀雄は卒業を間近に控えており、その頃の気持ちを吐露するこんな手紙を芳衛に送ったことがあった。これはエピソードだが、大学の卒業証書を貰わないまま卒業し、それが一年以上も大学の倉庫に眠っていたらしいが、そんなことを頷かせるような内容のものだった。

今更可笑しい様なれ共、自分等の仲間（四千人の大学生といへばちと大袈裟ナレド）に甚だあきたらず。彼等は出校後は中流以上の社会に入る人ならずや。その人々等が何の為に勉強してゐるのやら自分にはわけのわからぬこと多し。勉強する為に勉強すると答ふるものあらんもそは逃口上也。学校を出てから金を貯める話や、美しい嫁をもらう話や、代議士になつて人に威張る話や、こんな話を聞いてゐては自分にはどうも満足できず。彼らが卒業して後、大臣となり其他知名の士となるはよけれども、「大臣となる事」その事を彼等は喜ぶ也。「知名の士となる事」この事を喜ぶ也。彼等は勉強してゐるお蔭で自然と大臣となる也。知名の士となる也。只それだけを喜ぶ也。

彼等は『何の為に大臣となるのか』『何の為に、何を為さんがために知名の士となるのか』については何らの決心も有せず、主義もなし。金をタメルためや、よい嫁さんを貰う為では勿論話にならず。かくして彼等は勉強している間に自然に大臣となり自然に知名の士となり、知名の士とせられてフラ〻〻行くうちに驚いて死んでしまう也。

彼等は…決心もなく主義もなし。又何の為とする処あらんや―大学生―毎日通学して勉強している同輩を見る度に、それと語る度に、其物足らぬ心持するは之が為なり。此頃はホト〻〻嫌になれり。

秀雄とて、他の人たちと違って何かはっきりした目的を持っていたかと言えばそうではなく、無目的という点では同じだった。ただ、中学の頃から「荘子」を読み耽ったり、一高入学以降は、哲学や宗教に嵌まり込む一方、勉学そっちのけで漕艇に没頭することで求めて得られぬ焦燥感を紛らわすなど、何か得体のしれない空虚感や飢渇感にいつも苛まれていて、それを満たしてくれる何かを求めていた、そういう気持ちが強過ぎた、それだけが違っていたのだろう。

そうした迷いの中に徒らに日々を送っていた秀雄だったが、卒業の翌年ようやく就職した。大学卒業の年、秀雄は二十四歳だった。その九月、正規には卒業できなかったが追試験を受けて大学を卒業した。入学当初は意気込んでいたが、結局法科というものが肌に合わなかったのか、その頃はあまり勉学に身が入っておらず、やっと卒業したという感じだった。就職活動にもあまり熱が入らず、迷う気持ちを抱えながら徒らに月日は経っていった。

何の仕事にも就かないという訳にもいかず、かといって官吏は虫が好かず、仕方なく銀行などと考えていたところ、その業界はまだ草創間もなく、人材も少ないので活躍できる余地が大きいという教授の勧めもあって、翌年ようやく保険会社の東洋生命に就職した。

この頃、彼の酒はますます荒んできていたので、国元では大層心配して、母親が上京してしばらく一緒に住むことになった。芳衛は、自分以外に彼を元に戻してあげられる人はいない、どうしてもこの人を助けてあげなければならない、そう決心していた。いつか静夫の諒解を貰おう、と二人で話していたりもしていた。そんなある日、秀雄が鳥取へ出張することになり、母親と彼女で旅の支度を調えてやり、二人で見送った。その時秀雄は、その途中沼津に住む静夫の所に寄って最後のお願いをしてくるとも言っていた。

でも発ったきり、あの筆まめな男から一度の便りも届かなかった。おかしく思っていたある日、国元から母親に、荷物をまとめて至急引き揚げて帰れと言ってきた。それを聞いた芳衛は暗い予感に襲われ、居ても立ってもいられなくなった。この時静夫の所にもとうとう寄らなかったことも後で知った。

その暗い予感は当たってしまった。秀雄はその時突然、思いもかけないある人との結婚を決めてしまっていた。芳衛は後で並—秀雄には他に兄弟はなく、六つ上の並という姉があるだけだった—から、秀雄がこう言って譲らなかったということを聞いた。

「自分が結婚しなければ芳さんはいつまでも他家へ嫁ぎはしない。それでは一生を誤らせることになるし、叔父様叔母様に申し訳が立たない。自分は芳さんでなければ結婚するのは誰だっていいのだ。向こうだってこの話にあんなに熱心なんだから、貰ってしまおう」

どうしても芳衛と結婚するわけにはいかない、将来後悔するかもしれないと分かっていることを絶対にしてはならない、そういう思いが、長い長い煩悶の末、とうとうこの最後の決断をさせたのだ。

この事を知った時に受けた芳衛の衝撃は大きく、突然眩暈がしてその場に蹲り、そのままその後数日は床に伏せってしまった。

間もなく、秀雄は結婚した。相手の旧姓は坂根。芳衛が寄宿していた坂根の家の、あの病気がちの娘だった。芳衛が再上京してその二年ほど後のことだったが、淑徳女学校に通っていたあの病気がちの娘が事情で中退することになり、その頃坂根親子は鳥取に帰っていたのだった。

それにしても、なぜあの人は、決まりかけていた縁談を反故にしてまで彼と結婚することになったのか。要するに、母親の虚栄心の犠牲になったのではないか。いや、あの人自身も、士族の出で家格の上だった尾崎家の御曹司、一高から帝大出の秀才という事に目がくらんだのではないのか。いずれにしても、普通の母親なら、深い相思の女のある男と知りながら、可愛い娘を何で嫁になどやれるだろうか。本人もそんな人の所へ嫁ぐ気にはなれないはずだ…芳衛の頭の中でさまざまな思いが経巡った。

友達もみんな嫁いでしまったし、もう二十六にもなるというのになぜおまえだけ…、そんな風に嘆く母親の姿を見ておられず、翌年―その年は、明治天皇が崩御された年だった―芳衛も諦めて、周りに勧められるままお見合いをし、結婚した。だが、二人の間にはとうとう子どももできないまま、二十年余り後に離婚することになる…。

それ以来秀雄と芳衛は、お互いその消息を全く知らないまま、とうとう最後まで離ればなれになってしまった。

（三）

東洋生命に入社して四年目、真面目でしっかりと仕事をこなす放哉は将来を嘱望されていて、東京の本社から大阪支社に支店次長として赴任することになった。

支店長は、一介の募集員からその地位に昇りつめた叩き上げの人で、東京から帝大出の法学士が次長としてやって来ることが面白くなかった。支店長とその取り巻きの幹部連中は、早々に放哉を東京に追い返すべく、一致して仕事をボイコットするなどして苦しめた。放哉にしてみれば、何が何だか分からないし、どうしていいかも分からない。しばらく落ち着いていた酒だったが、自棄になった気持ちの持って行き場もなくまた酒浸りの日々が始まった。酒と女遊びだけが一時気持ちを紛らわしてくれたが、赴任後わずか一年足らずで本社に戻されることになった。

本社に戻って間もなく、放哉は花形部署ともいうべき契約課の課長になった。歳はちょうど三十という働き盛りだし、また大阪での鬱憤を晴らすべくやる気満々だった。同僚や課員とよく飲みにも行った。そんな時放哉は、自分の弱みでも会社への不満でも、相手を信用して、何でもかまわず正直に話してしまうのだった。しかし、表には現さないが、周囲のやっかみはここでもひどく、口には甘い事を言いながら、機会があれば突き落として自分たちの栄達の道を図ろうとする人間ばかり多かったから、酒の上の放言で、そういった連中に足元を掬われるようなことがしばしばあった。

後にこの頃のことを振り返って、ある層雲の同人に宛てた手紙に、こんな自嘲の文句を綴っている。

其ノ時小生、最早社会ニ身ヲ置クノ愚ヲ知リ、小生ノ如キ正直ノ馬鹿者ハ社会ト離レテ孤独ヲ守ルニ如カズト決心セシナリ。…人間「馬鹿正直」ニ生マルル勿レ、馬鹿デモ不正直ニ生マルレバ、コンナ苦労ハ決シテセヌ也。

課の成績は上げてはいたが、周囲のそんなこんなに放哉はすっかり腐り切って、出勤態度も次第に荒れてくるようになった。仕事は全部部下に任せきりで、出勤するのはたいてい昼近くになってからだった。その頃の放哉は、男として妻に弱音は吐きたくなかったし、又余計な心配を掛けたくなかったので、辞めたい、辞めたい、とそればかり一人悶々と考えていた。そして、寝着である大島紬にただ袴を巻き付けて、皆が仕事をしている中へ、酒臭い息をして出社して行くのだった。

その日も放哉は朝から家で酒を飲んでいた。

「あなた、朝からお酒を飲まれてはお体に障りますよ。昨日の晩も遅くまで飲んで来られたし、少しお控えになったらいかがですか」

あまりに酒浸りなことを心配して妻の馨が言った。

その言葉も聞かずに、放哉は黙々と盃をあけていった。そばの長火鉢にはやかんが載っていて、なみなみと酒の入った大きめの徳利の口から湯気が立っていた。一本目を飲み干し、その二本目の徳利に手を伸ばした時、馨がそれに伸びた手を制しようとした。

「あなた、お願いですからもうおやめ下さい」

「うるさいっ。おまえに何が分かるんだっ」

放哉はついカッとなり、馨をきっと睨み、思わず手を上げそうになった。馨は優しさそのままの人柄で、夫によく付き従うし、もともと無口で、それまで口応えしたことなど一度もなかった。申し訳なさそうに首を縮めてじっと俯く馨のその姿を見た放哉は、上げかけた手を静かに下ろし、勢いよく立ち上がると足早に外に飛び出して行った。昼前とはいえ、すでに日は高く、やけに蒸し暑かった。思わず怒鳴ってしまったことを今更悔いながら、仕方なく会社に向かってトボヽヾと歩いて行くのだった。

妻を叱りてぞ暑き陽に出で行く

これはその時のことを思って作った句だ。

さんざんに打ちのめされていたそんな放哉を唯一慰めてくれたのは難波だった。この頃には、当時の友人との交際はほとんど難波だけになっていた。難波も、会社は違ったが同じ保険業界にいた。会社からの帰りによく難波の事務所を訪ね、それから二人は連れ立って小料理屋へ行った。そんな時は会社への不満や愚痴を難波にぶつけた。二合徳利を十本以上並べるまで飲んだが、大半は放哉があけてしまったもので、泥酔してくだを巻き、くどいほど繰り返されるその愚痴を難波は親身になって聞いてやった。

二人の付き合いはお互い家族ぐるみのものだった。家族ぐるみとはいっても、互いに子のない夫婦同士の付き合いではあった。馨は結婚して間もなく、子宮筋腫が見つかり、手術を受けて子を産めない体になっていた。そんな夫婦同士がよくお互いの家を訪ね合った。そんな時は、訪ねる方が一升持参すると決まっていた。一杯機嫌になると放哉は、隣に座る馨に向かって何か言っては、「なぁ馨、なぁ馨」とのろけるように言うのだった。馨は美人で、年の割にはいつまでも若々しく、そのことが自慢でもあった。二人は飲み、女たちはおしゃべりをした。こんな時だけが、嫌なことをすべて忘れ心底寛げるひと時だった。

難波との付き合いはこればかりではない。

放哉の収入は少ないわけではなかったが、飲み代や遊び代やらの為いつもピイピイしていた。そんな家計を遣り繰りする馨の苦労は並大抵のことではなく、頻繁に質屋通いをしたり、母親への送金の頼みの繰り返しだった。それでも馨は放哉に向かって愚痴ひとつ言うことはなかった。借金の言い訳に度々嘘も言わなければならなかった。正直で気の優しい馨は、その度に心苦しい思いでいっぱいになった。又、馨は身に着けるものもいいものはあまり持っていなかった。だから、何か事があった時に着るものがなく、そんな時には難波の家を訪ね、奥さんの着物を借りに行ったりした。こんな時、難波夫婦は、馨のそんな姿を見てしみじみ気の毒に思うのだった。

この頃放哉の句作意欲は旺盛で、大阪から本社に戻ってしばらくすると、盛んに層雲などの句会に参加したり、投句するようになってはいたが、それも三、四年続いた後、ぷつりと止まってしまった。会社生活を厭う気持ちが徐々に募り、その意欲はあっても、俳句を作る心のゆとりを持てなくなってしまっていたのだ。

それから二年ほどして、放哉はとうとう課長の職を免ぜられた。それを機に、それから間もなく、十一年間勤めたが、つくづく嫌気のさしていた会社を辞めた。仕方なく、二人は一時郷里の鳥取に帰ることになった。

鳥取に帰った二人は、夫が医師をしている放哉の姉並夫婦の家の二階に住まわせてもらうことになった。十年以上勤めた会社生活を挫折した痛手は大きく、また故郷に錦を飾るという言葉のあった時代に、両親や周囲の期待に沿えずいわば敗残者となった者にとって、故郷は全く心安らぐ場所ではなかった。もう会社生活なんかたくさんだ。どこか小さい適当な寺を見つけて、その堂守にでもなりたい、そんなことを考えながら相変わらず酒ばかり飲んでいた。

そんな居候生活が数ヶ月続いていた春のある日、一通の手紙が届いた。難波からだった。難波はその頃太陽生命にいたが、そこで朝鮮での火災保険会社設立の話が起こり、難波はその起案を委ねられた。難波はすぐに放哉のことが頭に浮かんだ。難波は郷里に帰って埋もれてしまっている放哉のことがずっと気に掛かっていた。これであいつを救ってやれる。あいつをそこの支配人として送り事業を軌道に乗せてもらおう、その誘いの手紙だった。

居心地が悪い上に、何の見通しもつかずにいた放哉にとって、これはまさに渡りに船の話だった。これで馨を安心させることができる。そう思い、すぐさま難波に快諾の返事を送り、間もなく馨と二人、今度こそと意気込んで朝鮮の京城に渡って行った。


渡朝した後は精力的に仕事に励み、会社創立の手続き、新株の募集など順調に進め、次第に事業を軌道に乗せていける見通しも立ってきた。そんな中、句を作る気持ちのゆとりも持てるようになってきた。この頃層雲への投句も再開した。やって来る寒さに向けて、傍らでは裁縫の上手な馨が、穏やかで安心した様子で、何日もかけて暖かそうなセーターを編んでくれている。そんな姿を横目に見ながら、句作に励むのだった。

松の実ほりほりとたべ子のない夫婦で

好物の松の実を、何話すでもなく灯火で馨と二人向かい合って食べている。ふと目と目が合った時お互い微笑み合ったりした。子のない淋しさはあるが、生活も落ち着き、二人の心は満たされていた。

ふと顔見合わせて妻と居つた
夫婦でくしやめして笑つた

ほのぼのとした夫婦の生活が戻ってきたのだった。

その頃放哉は井泉水に宛ててこんな手紙を送っている。

…小生仏性を抱いて半分の覇気か、邪気か、を有し、両者の統一に成功するを得ず、遂に「俗人化」に満足して、只今当地に有之候。将来は「俗人化」の「洗練」に努力致すべきかに存じ居り申候。

数ヶ月後にもこんな手紙を書き送っている。

啓、大分御無沙汰しました。なんとか、かんとか云つても矢張り死ぬ迄は働かねばならぬものと見えます。京城が小生の死に場所と定めてやつて来ました。来てみると寒サは獰猛言語に絶するものがありますが、呑気な処が有ります。一寸、内地に帰る気分が致しません。（東京ノアノ電車の満員を連想してさへも）私には、こゝの気分があふのかも知れません。毎日、愉快に仕事をしております。

毎日、白い服を着た鮮人に、たくさん逢ふのも嬉しく、晴天の多いのもうれしく感じます。会社の事業はこれからで有りまして、小生の后半生を打ち込んでかゝりました支配人としてイクラか自由な計画が出来ますから、ウンと腰をすゑてヤル考で居ります。

仕事は軌道に乗りつつあったが、すでにこの頃、放哉の体は思わぬ病に蝕まれ始めていた。朝鮮の過酷なまでの寒さのせいもあって、左肋膜炎が発症したのだ。

層雲にもこんな句を投稿している。

オンドルに病んで前住の人の跡をさがす
熱の眼に色々のもの釘にぶら下る

あはぬ襖が気になりて病む眼をとがらす

病という翳に加えて、この頃もう一つの翳がさし始めていた。

仕事を引き受けるに当たって一人の男を秘書役として朝鮮に連れてきていた。その男の仕事ぶりを見ながら、真面目で、何事もしっかりやる男だったので信頼して仕事を任せていた。その時には自分の地位はその男に譲ろうと考え、その男にもそう言って励ましていた。一年近くが経ち、事業の立ち上げはほぼ順調に進んでいた。そんな頃、その男は、もうそろそろ役を自分に譲ってくれてもいいのではないかとそう思い、なかなかそうしてくれそうにないことに不満を感じるようになっていた。性急にもすっかり業を煮やしたその男は、親しくしていた役員と図って、放哉をその地位から退かせようと、ある事ない事を本社の社長に中傷するようになった。会社に対して禁酒を誓ってその地位を任されたことを偶々聞き知った彼等は、しきりに酒の場に誘い、会社を辞めるように仕向けてきた。

—あの時と同じだ。

東洋生命にいた頃のことを思い出し、ほとほと嫌気がさしてきた。

—何故みんな、地位と保身にそうまで恋々とするんだ。俺は、そうしたうるさくて面倒な会社生活なんていうものは好きでないし、全く肌に合わない。やっぱりもともと無理な話だったんだ。分かっていたのに、なんでこんな話を引き受けてしまったのか。もう止めよう、今度という今度はもう止めよう…。

　放哉がまた酒を飲みだしたと聞いた時、とうとうやってしまったか、そう思い一番心配し困り果てたのは難波だった。難波にしてみれば会社にも顔向けできないまずい立場に立たされてしまった。人の気も知らず、本当に困ったやつだ、難波は苦虫を噛み潰したような思いで、酒をやめるよう何度か諌めの手紙を送ったが、分かったと答えてくるだけで、一向にやめる気配はなかった。

　その頃難波が困っていたのは実はこれだけではなかった。放哉が東京にいた頃、飲み歩いた先のツケは相当な額になっていたが、難波はその借金の保証人になっていたため、代わってそれを払わされることになってしまっていた。難波とてそうそう余裕があるわけではなかったので、生活に窮した奥さんが秘かに質屋へ通ってその場を凌いでいたのだった。それを知っていた難波は、そんな事情を度々書いて送ったが、金を送ってくるどころか、返事ひとつ返ってくることもなかった。

　そんなある日、突然、放哉は社長から馘を言い渡された。

　朝鮮へ来る時義兄から預かった資金は使い果たしてしまっていたし、難波や他の借金をした人たちにも金を返さなければいけない。そう思い、仕事を探すため満州に行くことに決めそれを馨に話した。馨はこの時も愚痴ひとつ言わず、その旅に付き従った。ただ、そのための旅費もなければ、生活資金も僅かばかりしかない。そこで、家財道具で売れる物はすべて売り払って、旅費と当面しばらくやっていけるだけの金を作った。何もなくなったがらんとした部屋で、当てもなく心細い行く末を思って、唯一残された長火鉢を挟んで、二人はどこを見つめるでもなくただぼんやり黙って向かい合っていた。

京城を発ってから既に一ヶ月近くが経った。

職を求めて満州の地を転々としたが、いい仕事口は中々見つからなかった。持病を抱える身にとっては、放浪ともいうべきこの旅は肉体的にもとてもきついものだった。そんなある日のこと、広大な満州の大地、地平線の低い山並み、そこに大きな夕陽が沈もうとしていた。

—今日もまただめだった。

放哉は心の中で呟いた。町はずれの道を馨と二人とぼとぼと歩いていると、脇に小さな川が流れていて、川べりに一本の柳があった。その時馨がその柳の方に歩いて行った。

—馨もさぞかし疲れていることだろう。でも不平一つ言わず俺に付いて来てくれている。馨、済まない。きっといい仕事を見つけておまえを安心させるから、もう少しだけ辛抱してくれ。

柳の根元にしゃがんで、その幹に手を添えて川の流れを眺めている馨に柳の葉が散り掛かっていた。そのやつれた後ろ姿を見て、放哉はしみじみ淋しい気持ちになっていた。

「馨」とその背中に声を掛けた。

「日も暮れてきたし、カフェーにでも入って少し休もうか」
声を掛けられた馨は静かに振り向き、力ない笑顔で黙って頷いた。

妻がシヤがんでる柳已に散る葉ある
暮れかかる旅の山かなしく

小豆島で作られた句だ。

まだ長春がある、そう思い直し、長春に行けば知り合いもあるし、何かいい仕事が見つかるだろう、そう言って馨を励まし、二人は長春に向かうことにした。しかし、折悪しく、長春に着いて間もなく肋膜炎が再発してしまった。

馨には言わなかったが、少し前から、呼吸する度に肺が痛むし、胸で木枯らしの吹き抜けるような音がした。仕事を探して歩いていると、息苦しくて辛くなった。そんな時は路傍の石に腰掛けたりして落ち着くまで休んだ。少し落ち着いたと思ったところで、次の訪ね先を探しながらまた歩き始めるのだった。だが、どこをいくら訪ねても、仕事らしい仕事は見つからなかった。来る日も来る日も同じことの繰り返しだった。その時も、歩き疲れてしまったので路傍の石に腰掛けて、途方に暮れて大きなため息を吐いた。まだ秋口なのに、昼間で日が当たっていても寒さは厳しく、風も冷たい。体の弱っている身にはこれはひどく堪《こた》えた。満州に来れば何とかなる、そう楽観していたがその当ては全く外れてしまった。

—もうだめか。

すっかり弱気になってしまい、目の前を人が行き交うのをただ茫然と眺めるのだった。


その頃二人は、東京にいた時の知り合いを頼ってその家に寄宿させてもらっていた。ある朝、床で目覚めたが、呼吸をする度にひきつるように胸が痛いし、ひどく息苦しい。咳が出るとよけいに辛かった。

その様子を見ていた馨が心配そうに声を掛けた。

「あなた、大丈夫？　熱があるのよ、顔がひどく赤いわ。今日はお仕事探しは休んで、お医者様に行きましょう」

「そういう訳にはいかない」

そう言いながら床から立ち上がろうとした。しかし眩暈がしてよろよろとそのまま布団に倒れ込んでしまった。

その日放哉は満鉄病院に入院した。


病院の寒々としたベッドに身を横たえてうとうとしていたが、ふと気が付くと、ベッドの傍らで馨が洗濯した肌着やタオルなどを畳んでいた。その甲斐々しい姿、やつれた横顔を見て、ふいに目頭が熱くなった。

〈馨、済まない、本当に済まない。俺が不甲斐ないために、俺がダメなばっかりに、おまえに苦労ばかり掛けて…〉

その時突然何か抑えきれないほどの激しい感情がこみ上げてきた。馨に気付かれないようにそれをぐっとこらえ、そっと毛布を引き上げて顔を隠した。

一途に看病してくれる馨の愛情をしみじみと感じていた。この頃のことを思い出し後にこんな句を作っている。

妻の手を感じ熱が出てゐる夜中
熱のある手を其儘妻に渡す
夢を見せてくれる熱よ熱恋し

床に臥せりながら、それ迄の自分の来し方を思い起こしていた。その時難波とのことが蘇ってきた。

—難波…俺は本当にひどい奴だ。おまえの友情に甘えるばかりで、結局はおまえをただ都合よく利用してきただけだったんだ。俺って人間はとことんダメな人間だ。

過去の罪深い事ばかりが次々と思い出されてきて、弱り切った心をどうしようもないまでに苛んだ。後にこんな句を作った。

自らをののしり尽きずあふむけに寝る

—俺みたいな人間は死んだ方がいいんだ。生きていればいるほど周りの人間を不幸にしてしまう。でも、馨一人を残して死ぬのは忍びない、馨がかわいそうだ。そうだ、馨と一緒に死のう。

すっかり弱気になり、思い詰めていた。

だが、馨の看病は献身的なものだった。読みたいという本を借りに毎日のように図書館通いもしてくれた。借りてきた本を、病床に臥せっている顔の上で支えページを繰ってくれ、さぞかし大変だろうに、眠りにつくまでそうしてくれたりもした。嫌がりもせず、愚痴ひとつ言わず労ってくれるそんな馨を見ていると、一緒に死のうなんてとても言い出すことはできなかった。悶々と苦しむ放哉は、病がこのまま自分を死なせてくれたなら、と秘かに念願したりもした。そんな時どうにもならない苦しい思いを抱えて、毛布を深く被って低く咽び泣くのだった。

入院してから二月ほどが経った。かなり重篤だった症状も和らいできて、病はかなり恢復してきていた。院長は日本に帰国して療養するように勧めた。無理をして三度目が再発したら、その時はもう助からないだろうとも言われた。その言葉を聞いた馨は、満州のような寒気の厳しいところにいたら病が再発して死んでしまうだろう、院長の勧めるように一日も早く内地へ帰ろう、そう思って一生懸命に夫を口説いた。強く勧める馨に対して、ここに居ても仕事もない、家もない、でも日本に帰ったところでやっぱり何の当てもない。皆に申し訳も立たない。ならば、いっそのことこの地で果ててしまいたい、そう思って逡巡していた。だが、今まで見せたこともない馨の譲らない熱心さにとうとう折れた。

数日後、長崎行の船に乗って二人は満州を発った。

船の甲板に二つの影があった。放哉と馨だった。二人の頭上には月が煌々と照り輝いていた。手すりにつかまり、放哉は、静かにうねる黒い海を無言でじっと見つめていた。馨は月を眺めていた。日本の月だ、馨は思った。

「あなた、いい月ですこと」

時折舳先に波がぶつかり、はじける音と共に激しく水しぶきが噴き上がっていた。その時汽笛がボーと大きく鳴った。

「馨」

絞り出すように放哉が口を開いた。

「馨、一緒に死のう」

唐突で、あまりに意外な言葉に馨は一瞬唖然とした。

「何を仰るんですか。病気も癒えて、やっと日本に帰れるというのに」

「馨…」

「そんなこと仰らずに、日本に帰ってもう一度やり直しましょう。あなたの体がすっかり元通りに恢復するまで、私が働いてお金を稼ぎますから、それまでゆっくり養生なさって下さい。長崎はもうすぐそこですよ」

馨に頬をピシャリと叩かれたような気がした。恥ずかしかった。

「馨」

馨の手を両掌でぎゅっと包んで、うなだれるように頭を垂れた。

「馨―」

船の舳先は一層勢いよくしぶきを噴き上げながら波をかき分けて進んでいた。その時また汽笛が鳴り、震えるように長く尾を引いて、やがて海の闇の中に消えていった。

やせた体を窓に置き船の汽笛

この句は小豆島で作られたものだが、港を出入りする船の汽笛を聞く度に、放哉にはこの時のことが思い出されてしまうのだった。

長崎に着いた二人は親戚筋を頼り、しばらくそこに滞在した。気候のせいもあり病はだいぶ癒えてきていたが、放哉にはもう仕事に就く気持ちなどなかった。どこかの寺の寺男になりたいと思い、市中の寺をいろいろ探し歩いた。しかし、入りたいと思うような恰好の寺はなかなか見つからなかった。

諦めた放哉は、前々から考えていた京都の一燈園に入ることを決めた。それは一大決心だった。一燈園に入るということは、全くの無一物、無一文の裸一貫になってそこの生活に入り込むということだ。本当に自分にそんなことができるだろうか、そう思い以前から気になりながらも決心がつかず、いつも躊躇していたのだった。でもこの時とうとう心を決めた。

この体を益々鞭打とう、これまで借金をした人たち、迷惑を掛けた人たち、そうした人たちに報恩するために自分の体を苦しめよう。これから先ウンと労働で叩いて、それでくたばる位ならくたばってしまえ。せめて少しでも懺悔の生活をし、少しでも奉仕の仕事ができて死ねたならば有難いことだ。そう思い、その気持ちを馨に伝えた。

「馨、一緒に一燈園に行かないか」

「一燈園？」

怪訝そうに馨が聞き返した。

「裸一貫、無一物になって、懺悔、奉仕の生活をするんだ」

「懺悔？　奉仕？　一体何なのですか」

馨には、夫が何を考えてそんな事を言っているのか分からなかった。

「わしはこれまでたくさんの人たちにお世話になった。だが、その人たちに対して何ひとつご恩返しができていない。一燈園に入り、下座、奉仕の生活をすることで、少しもの報恩と今まで犯してきた罪の懺悔をしたいんだ」

真剣な顔だった。その真剣さだけは馨にも伝わってきた。

「あなた、まだ病も完全に癒えていないから弱気になっていらっしゃるんだと思います。分かりました。そこまで仰るなら、お気の済むようになさいまし。でも私はご一緒できません。お一人で行ってらっしゃいませ。そこに行き、あなたのお気持ちがお済みになりましたらどうぞまたお戻り下さい。それまで私はお待ちしております」

そこに入って、一年でも二年でも気が済むまで修行し、悪い酒癖を断ち、心も立ち直ってきっと戻ってくるだろう、そうしたらまた二人で新しい生活を始めよう、馨はそう思っていた。

馨に同行を断られた放哉は仕方なく一人京都に向かった。そして、飄然と、北朗を訪ねた。北朗には以前一燈園に関心を持っていることを手紙で伝えたことがあった。前触れもない突然の来訪に北朗は驚いた。が、いかにもこの男らしいなと思っただけで、話を聞いた翌日、早速二人連れ立って一燈園を訪ねた。折よく、ふだん出掛けがちな園主天香が園に居り、放哉は入園を申し出た。その真摯さを認めた天香は直ぐに申し出を受け入れた。

その日の夕、着替えの下着の入った風呂敷包みを持った男が一人一燈園の門前に立っていた。

辺りはもう暗くなっていた。十一月も終わりに近いその日は特に冷え込みが厳しく、古ぼけた街灯の灯に雪が明白くちらついていた。後に、この時のことをこんな句にしている。

女に捨てられたうす雪の夜の街灯
つくづく淋しい我が影よ動かして見る

一燈園に入園した当初には、馨との手紙のやり取りがあったが、やがてどちらからともなく二人の音信は途絶えがちになった。ただ、義理の妹まさ子の夫婦とは以前から時々手紙のやり取りをしていた。その後の馨の消息はこの夫婦から時折知らされてきた。ある時のそれによれば、「いつまでも帰りを待つ、帰ってきたら働いて稼いだお金で以前の様な贅沢をさせてあげる」と馨がそんな事を言っているというものだった。それを読んだ放哉の目頭は熱くなった。

その知らせへのお礼に早速返事を書いて送った。

唯一人ノ同情者タルカオルノ行方不明、昨年末来、ハガキ一本見ナイノデ、カオルガ外ニ嫁ニデモ行ツタナラ、私ハ世ノ中ニ只一人ボツチニナルワケ。淋シサニタエナイカラ、実ハ、ウント方々ヲ呑ミ廻ツテ、死ンデシマウ考ダツタノデス。アブナイ処デシタ。今后ハドウカ、アンタノ処ヲナカツギニシテ、手紙ノ交換丈ハサシテ下サイ。

カオルノ決心ヲキイテ、私モ安心シ、酒モ、タバコモ全廃シテ只体ヲ苦シメテ、二、三年先ヲ、マチマス。

その後間もなく、馨が東洋紡績の大阪四貫島工場に勤め、裁縫を教えながら、世話掛として寮に住み込みで働いていることを教えてくれたのもこの夫婦だった。

一燈園を出て以後の自分の消息について、この夫婦はもちろん周囲に固く口止めしていたので、馨には一切知らされることはなかった。そのまま二人の通信はとうとう最期まで全く絶えたままになった。

（四）

既に冬の気配の漂う十一月終わりの頃、一燈園に、黒い筒袖を身に着けた男の姿があった。三十八歳の放哉だった。

一燈園は洛東の鹿ケ谷にあった。山の中腹にただ一軒ぽつんと建つみすぼらしい家だった。それでも中に入れば、一階が道場、二階もありそこは座敷になっていた。水は山の湧水を竹の樋を繋いで園まで持ってきていたのだが、樋がよく壊れてしょっちゅう不便をした。庭はあったが殺風景なもので、たった一本大きな柿の木があるだけだった。在園者は、男女合わせていつでも三十人から四十人はあった。ただ、去る者あり、来る者ありでその顔ぶれはよく変わった。

京都の冬は底冷えがする。中でも鹿ケ谷は街中と違って気温が三、四度低く、殊に寒さが厳しかった。だから、春から夏にかけての入園者は多かったが、秋から冬にかけてはすっかり少なくなる。放哉は、そんな酷寒に向かう時期を敢えて選んで入園したのだった。

園の生活は極めて質素なものだった。「園は樹下石上と心得よ、天が下すべてが道場」というのがモットーで、朝から一飯も食べない。朝五時に起きてすぐ掃除をする。それが済むと道場で一時間ほど読経する。主に禅宗のお経を読むが、特に宗派にこだわってはいなかった。キリスト教徒が多い時には、オルガンを入れて賛美歌を歌う傍らで、それに合わせて木魚をポクポク叩いて読経したりすることもあった。読経が済むと六時から六時半になる。それから皆、てく、、とそれぞれその日の托鉢先に出かけて行った。皆無一文だから二里でも三里でも歩いて行く。先方に着くとまず朝飯を頂く。それから一日仕事をして、夕飯を頂いて、それぞれぽつりぽつりと帰園してくるのだった。

托鉢とは下座奉仕の仕事をする事をいう。報酬は求めない。「お光」に許され養われてなら生きる。何の見返りも求めずに人を利益し、その人が菩提心を起こして供養して下さるならそれを頂く。それが托鉢だ。仕事の内容は、先方に乞われるがまま種々雑多だった。放哉も様々な仕事をした。便所掃除、留守番、ホテルの夜番、菓子屋、うどん屋、米屋等の手伝い、病人の看護、お寺の庭掃きや掃除、ビラ撒き、ボール箱屋、食堂での雑用、大学の先生や未亡人、百姓仕事等の手伝い、宿屋、軍港での雑役、小作争議、炭切り、薪割り、引っ越しの手伝い、病院でのモルモット代わり…その他色々頼まれれば何でもやった。一燈園での放哉は、俗世間の煩わしさから解放され、只々奉仕の生活をしていると、それまで歩んできた人生の忌まわしい記憶も次第に薄れてきて、何か有難いという気持ちに満たされるのだった。

気持ちの落ち着きを取り戻してきた放哉は、本来の筆まめぶりも戻ってきて、昼間の労働で疲れていたので体はきつかったが、少しの時間ができると手紙を書くようになった。

井泉水に宛ててこんな手紙を書いた。近々一燈園に放哉を訪ねて来るという手紙への返信だった。この頃放哉は、常称院という寺に托鉢として滞留していた。

拝復、御手紙うれしく拝見致しました。御思召しの処拝誦、当分京都御住まひといふ事になれば、なんとなく、にぎやかな心地が致します。

小生の居る常称院は智恩院本堂のすぐ近所で、門前に赤いポストの立つているオ寺であります。…一燈園から頼まれて二、三度掃除の托鉢に行つたのが機縁となり、和尚さんが、無人故オ寺に来ないかと云ふので、遂に来ることになりました。一燈園同人ではありますが、マズ当分は、此のオ寺に居る考。飯炊きから、マキ割りから掃除から一人でやつて居ります。中々いそがしいです。其内、和尚さんの御弟子にしてもらつて、ドツカ、田舎の小サイオ寺の留守番に世話してもらつて一生を終るか又は、ドツカの墓守にでもたのんでもらつて、死を待たうと思ひます。和尚さんも了解してくれました。

私の妻は、長崎の従弟の処で、ミシンや縫物等で自活の途を研究してゐます。之は不得止《やむをえず》ば、私の義兄の家（喰ふには困りません故）に、たのむ考であります。

私は、「無一文生活」、「働いても報酬をもらはない生活」、及、「衆人のためのザンゲ生活」、「自己のザンゲ生活」として一生を終る考であります。…マズイ物を喰つて、一日、手足を働かせてゐて、どうも一貫目（昨年十一月以来）、重量がふえました。人間は気持のものですネ。

それから、何処に行つても、イヤな事は、少々はたえません。一燈園についても然りです。要するに「死」に到着せねば、ツマリダメなんでせうと思ひます。時々、真面目に「死」を研究することがあります。決して悲感ではありません。どうも私の様な、つまらぬものは、「死」より外には、求める物が無い様な気持がします。

何れ御目にかゝつて色々御はなし申し上げます。世の中は、どこに行つても、うるさいもんですネ。私の現在ハマヅ寺男と思つて下さい。黒イ、ツヽ袖を衣て働いています。

一燈園は西田天香が創ったもので、彼を慕ってたくさんの人達が全国から集まって来ていた。天香は放哉の真摯さはよく分かっていて、信頼し、全国各地、各方面から招かれる講演会にもよく同行させていった。ある時、放哉は天香から宣光社の会計をやってくれないかと頼まれた。宣光社というのは、一燈園が信託を受けた財物や事業の整理・経営をやっており、『その事業を通じて、世間の執迷、紛争、葛藤を根絶し、世の中の根本改革を図り、その結果、斎家治国平天下を期する』という一燈園独特の組織だった。放哉は法学士であり、会社での理財の経験も持っていたから、天香にはうってつけの人材と思われていたのだった。しかし、ここに来てまでソロバンなどはじきたくない、そんなことをするためにここに来たのではない、放哉はそう思って、その申し出をきっぱりと断った。

天香を尊敬する気持ちは変わらないが、講演したり本を書いたり、そんなことをするのではなく、本来の托鉢一本の天香に戻ってほしく意見したこともあった。

一方で、一燈園には十代、二十代の若い同人がほとんどで、四十間近でしかも持病を抱える身にとって、ここでの生活は肉体的にも相当きついものになってきていた。そんなこんな色々なことが重なり、同人のままではあったが一燈園を出て、一時常称院に寺男として住み込むことになったのだった。


数日後井泉水が常称院を訪ねて来た。放哉は黒い筒袖を肩までたくし上げ、尻はしょりして、境内の井戸端でちょうど漬物桶を洗っているところだった。

「尾崎っ」

懐かしい声だった。

「おう、荻原っ」

上げた顔がたちまち笑顔でくしゃくしゃになった。立ち上がり井泉水と向かい合った。井泉水は学生時代からの友であり、俳句の師でもあった。また「層雲」という自由律の新興俳誌を創刊し、それを主宰していた。手紙のやり取りこそあったがほゞ十年ぶりの再会だった。その顔を見た時、一高俳句会時代から今までの何もかもが一度にどっと思い出されて、あまりの懐かしさに日頭が熱くなり、思わず泣きだしそうになった。

たくし上げていた袖と尻はしょりを元に戻し、腰にぶら下げていた手拭いでぱたぱたと体をはたくと、又その手拭いを腰にぶら下げて、並んで常称院の山門を出た。四条大橋の袂に小料理屋を見つけると、二人はその暖簾をくぐった。

一燈園に入って以来、放哉はほとんど酒を口にしていなかった。それを知っていた井泉水は、今日ばかりはたっぷり飲ませてやろうと、徳利を向けて盛んに酒を勧めた。初め盃を伏せていた放哉だったが、今日だけは特別だと自らの禁を破り、とうとう一杯目の盃に口をつけた。

「はーっ」

思わず深く息を吐いた。

満足気にその様子を見つめる井泉水と、久しぶりに飲む酒の味を噛みしめる放哉の目と目が合い、二人は顔を見合わせてにっこり笑った。

放哉には、井泉水に会ったら是非礼を言っておきたいことがあった。それは井泉水から与えられたある啓示についてだった。

「あんたの書いた『昇る日を待つ間』のことだが」

層雲の巻頭に連載されたエッセイのことだった。

「僕はあれを読んで目を開かされた。初めて、今まで自分がやりたかったことに気付かされたんだ。僕はあんたのあの文章に、他の何にも代え難い強い啓示を受けた。やっと、自分の進むべき道がはっきりと見えてきたんだ」

「そうか。僕はたゞ俳句の本質を突き詰めて考えてきただけだ。俳壇の連中は皆俳句を玩んでいる。俳句をおもちゃにしてただ遊んでいるだけなんだ。彼等は俳句を作りながら、その実俳句を愛していない。僕にはそれがとても気に入らなかったんだ」

「僕も君のあの文章を読むまでは、何か満たされない気持ちを持ちながら、旧来の五七五や季題に捉われた句を作っていた。でも君のあの文章を読んで、年来ぼんやりと思っていたものにはっきりと気付かされたんだ。人に媚びてはいけない。人に見せるために作った句など唾棄すべきだ。自分の本然の心がそのまま表現されたもの、それが本当の俳句だ。

　もしそれが旧来の型に嵌っていなくても、それは決して破調などではない。天真の自然、天真のリズムの現れた姿なんだ。そういうことにはっきりと気付かされたんだ」

「その通り。季題と季節感は違う。季題という出来上がって制約化した、いわゆる『季題趣味』ではなく、本来の自然の季節感が大事なんだ。同じように、五七五という出来上がった音型ではなく、俳句という詩のリズムが大事なんだ。俳句は、今のような定型というものが出来上がった以前の本来の表現に戻らなければならない。僕はそう主張したかったんだ」

「我々の純真なる精神の詩的表現、本当の芸術としての俳句。これは俳句の革命だよ。こんな事を言った人間はおそらくあんたしかいないだろう」

「そんな大袈裟なもんじゃないよ。時代に合わせて俳句も変わっていかなければいけない、それだけのことさ」

　二人はすっかりうち解け、盃は次から次と重ねられた。

「こんな愉快な酒はないよ。荻原、本当にありがとう。本当にありがとう」

しばらくして店を出た二人は、明日の再会を約して別れた。

久々に飲んだ放哉は足元をふらつかせながら常称院に向かって歩いて行った。その途中、常称院の和尚と関係を持っている女とばったり出会い、そこでまた一杯ご馳走になった。フラフラになった放哉はその女に送ってもらうことになり、一緒に院に戻った。玄関に迎えに出た和尚は、酔っ払ってそこに立つ二人を見て何事が起こったかとびっくりした。すっかり上機嫌になっていた放哉は、あろうことか、和尚の鼻先に土産の折詰をブラブラぶら下げて、

「和尚、ホラ土産だっ」

と言って呵々大笑した。常日頃とうって変わったその態度に度肝を抜かれた和尚は、ただ啞然として目を白黒させていた。これが原因で、即刻放哉は寺を逐われることになった。

翌日このことを知った井泉水は、自分にも責任の一端があると思い、許してくれるよう和尚に懇願したがとうとう容れられなかった。

（五）

常称院を追い出され、他に行く当てもなかった放哉は已む無くまた一燈園に戻った。

その頃一燈園の同人に住田蓮車という人物がいた。蓮車は、園からほど近くの小さな庵のような所に住んで、一人で一燈園風の生活を行じていた。蓮車と親しい一燈園のある同人が、そこに案内して蓮車に会わせてくれた。以来蓮車の居る庵に足繁く通って行った。蓮車は、一燈園にいる同人の中で、心を開ける唯一かけがえのない存在だった。ふた月ほど経った頃、その蓮車が、神戸にある須磨寺の知己の坊さんに紹介してくれて、その後間もなく、その縁でそこにある太師堂の堂守として住み込むことになった。須磨寺に来て数日後、蓮車に宛てて手紙を書いた。

拝啓、今日少しか丶せてもらひます。

△人に頭を下げたくない自分の悪い癖ですが、あなたには無条件でおじぎを致します。

私は非常に淋しい人間なのです。馬鹿正直な、そして意気地なしであります。これ迄、随分、以上の性質をひつくり返そうと努力してみたのですが、遂《つい》にかく生まれついた者は致し方がありません。このまゝ死ぬるのが天意にかなつてゐるのであろうと思ひ切りました。
△色々過去の経歴や得意な時代のことや、犯した罪悪や、何れ暇があつたらゆつくりきいていたゞきたいと思ひますが、要するに、今の処、蛇足に過ぎないといふ気が致します。前項に申し上げただけで尽きてゐると思ひます。どうか、死ぬまで私の師となり友となつて下さい。お願ひ申します。なんでもかんでも今後御相談申します。おきゝ下さいませ。
△当寺はご承知の通り絶対の菜食（メシは麦六分米四分位。菜食もひどい菜食ですね、仏にあげたお下りをごつた煮にするのですから）。それに園と違つて全く無一文生活ですから実に徹底してゐます。此の調子なら死ねるかも知れません。当分辛抱して見る気であります。茲を出る時は必ず御相談します。死ぬまで見捨てないで下さい。

放哉は海が好きだった。だから、山に囲まれていた京都を出て、海の見えるこの地に来れたことがありがたかった。その海に対する思いは、後に小豆島で書いた『入庵雑記』の中のこんな文章からも窺われる。

私は性来、殊の外海が好きでありまして、海を見て居るか、波音を聞いて居ると、大抵な脳の中のイザコザは消えて無くなつてしまうのです。
…一体私は、ごく小さな時からよく山にも海にも好きで遊んだものですが、だんだんと歳をとつて来るに従つて、山はどうも怖い、と申すのも可笑しな話ですが、親しめないのですな。殊に深山幽谷と云つたやうな処に這入つて行くと、なんとはなしに、身体中が引締められるやうな怖い気持がし出したのです。丁度、怖い父親の前に坐らされて居ると云つたやうな気持です。

処が、海は全くさうではないのであります。

どんな悪い事を私がしても、海は常にだまつて、ニコニコとして抱擁してくれるやうに思はれるのであります。全然正反対であります。ですから私は、これ迄随分旅を致しましたうちで、荒れた航海にも度々出逢つて居りますが、どんなに海が荒れても、私はいつも平気なのであります。それは自分でも可笑しいやうです。よし、船が今微塵に砕けてしまつても、自分はあのやさしい海に抱いてもらへる、と云ふ満足が胸の底に常にあるからであらうと思ひます。丁度、慈愛の深い母親といつしよに居る時のやうな心持になつて居るのであります。私は只、わけなしに海が好きなのです。つまり私は、人の慈愛、と云ふものに飢ゑ、渇して居る人間なのでありませう。

処がです、此の個人主義の、この戦闘的の世の中に於て、どこに人の慈愛が求められませうか。中々それは出来にくい事であります。

そこで、勢之を自然に求めることになつて来ます。私は現在に於いても、仮令、それが理屈にあつて居ようが居まいが、又は、正しい事であらうがあるまいが、そんなことは別で、父の尊厳を思ひ出す事は有りませんが、いつでも母の慈愛を思ひ起すものであります。母の慈愛—母の私に対する慈愛は、それは如何なる場合に於いても、全力的であり、盲目的であり、且、他の何者にもまけない強い強いものでありました。善人であらうが、悪人であらうが、一切衆生の成仏を…その大願をたてられた仏の慈悲、即ち、それは母の慈愛であります。そして、それを海がまた持つて居るやうに私には考へられるのであります。

もうすぐ七月なので、日の暮れるのは大分遅くなって来ていた。夕めしを食べてから、毎日のように海辺に行った。砂浜に腰を下ろして一人でぼんやり海を眺めた。海を見ていると、何とも言えない癒された気持ちになった。絶え間なく打ち寄せる波。砂浜に大の字に寝そべって、その規則正しい波音を聞いていた。空にはゆっくり雲が流れている。

様々に形を変える雲を飽きることなくずっと眺めた。次第に空の色が変わり、それに合わせて雲の色も変わってくる。我を忘れてすっかり没入していたが、気が付くと辺りはもうすっかり夕暮れていた。

—暮れてゆく海はホントにいいなあ。帰ってくる船の白帆もいい。先に浜に乗り上げ、そばで火を焚いている漁船もいい。後ろの松に風があるのもいい…。

こんな気持ちになったのは本当に久しぶりのことだった。すっかり満たされた気持ちになって、水平線に沈みかけている大きな真っ赤な夕陽を時折振り返りながら砂浜を去って行くのだった。

そんな時のことを句にした。

高波打ちかへす砂浜に一人を投げ出す
たつた一人になりきつて夕空
四五人静かにはたらき塩浜くれる

堂守の仕事というのは、お大師様へお参りに来る人に、ローソクを立てて鉦を叩いてあげたり、おみくじを抽いてもらったりする。忙しいのは毎月二十一日のお大師様の命日の時位で、それ以外は、日に数人の人がお参りにやって来るだけで、あとは只一人ぽつねんと座っているだけだった。最初はそれが苦痛だったがじきに慣れた。すると一人閑かに句作に専念するようになった。ようやくそういう境遇に入ることができたのだった。今までずっと求めていた独居、無言の生活。—あゝ、もうこれでひとに煩わされなくていいんだ。

しみじみと感慨に耽った。

奥にお大師様が祀られていて、あとは文机と、その傍に使い古して縁も欠けている火鉢があるだけで他には何もない。只あっけらかんとしている。淋しいわけでもない、空しいわけでもない。泣きたいわけでもない、また笑いたいわけでもない…。ひとり只ぼーっとしている。時折海風が通り抜けてゆく。そんな部屋で日がな一日、向こうに見える海をただ眺めていることもあった。

そんな日々を送る中、こんな句ができた。

海のあけくれのなんにもない部屋

雨の日には訪れる人はほとんどなく、ひたすら句作に耽り、あるいは手紙を書き、又お大師様にお経をあげたりした。

ここに来てから作った句には進境著しいものがあり、井泉水も、「須磨寺に来てから君の句は非常にしっかりしてきた。すばらしいものだ」などと言ってきたりした。

湧き出るように句は次々とできた。

一日物云はず蝶の影さす
なぎさふりかへる我が足跡も無く
淋しいぞ一人五本のゆびを開いて見る

こうしたものとは違う風情の句もある。

紅葉あかるく手紙よむによし
こんなよい月を一人で見て寝る

出来のいいと思ったものやそうでないと思ったものもいろいろあったが、すべて思い入れを込めて作ったものだから捨て難く、書き付けたまますべてまとめて井泉水に宛てて送るのだった。一旦作り上げてしまった句には何の未練もなかった。だから、手元には作った句は何一つ残っていなかった。

＊　＊

ここでは、何よりまず海が心を癒してくれたが、それ以外にも癒してくれるものがあった。それは、大師堂の前の小さい広場に遊びに来るこども達だった。放哉は自身子には恵まれなかったが、こどもが大好きだった。一燈園にいた頃にこんなエピソードがある。

その日托鉢先から帰りの電車賃をもらった。夕暮れ前の街を歩いていると、まだ少し早い時間だったが提灯の灯いた一杯飲み屋があった。少し気が引けたが、その店の暖簾をくぐった。飲んだのはほんの一、二本だったが、それでも久しぶりに飲んだ酒は托鉢で疲れた体にすぐにまわってきた。いい気持ちになって夕べの街を歩いていると、道で遊んでいる可愛らしい小さな女の子をみつけた。通りすがりに思わずその子の頭をそっと撫でてあげた。その子が振り返って恥ずかしそうにニコッと笑った。すると、可愛くてたまらず、いきなりその子を抱き上げた。ちょうどそこへ、その子の母親が家から出てきて、乞食坊主風の怪しい風体をしている男が我が子を抱きかかえているのを見て、人攫《ひとさら》いか何かと勘違いして、大声を出して騒ぎ出してしまった。騒ぎを知った近くの交番の警官が駆けつけてきてすぐに連行し、翌日京都に住む北朗が迎えに来るまで、一晩交番に留置されてしまった。

蓮車に宛てた手紙に、何かで読んで共感して書き留めておいた、こんな文章を書き送ったこともあった。

『世の中のうそに汚れた私の心に
赤ん坊が喰い込んで来る
あの弱弱しい視線をもつて
私を見つめてゐるではないか
私の心は底から傷み出し
たへがたくをのゝく
私は赤ん坊をしつかり抱かう
あの静な視線に直面して

何も見てゐない赤ん坊の目

しかし赤ん坊自身を見てゐる目
しかし、万象を見つめてゐる目
なにも見てゐない赤ん坊の目が
不思議にぱつちりと開いて
青空のやうに澄み切つて
永劫の自己を求めてゐる
生まれたばかりの赤ん坊の目が

赤ん坊の面相の中に
人間が劫に忘れて来たものがある
あの無心の赤ん坊の顔に
空と樹木と地と天体との
不可思議な行相があらはれるではないか
俺は赤ん坊を抱こう
俺の此の曲み歪んだ顔で
あの静な視線に直面して』

お互ひに人間ばなれがしてゐる方なんだから、赤ん坊にならうぢやありませんか。全く赤ん坊になり切りたい。

大師堂の前の広場は、近所の小学校のこどもたちの遊び場になっていた。気持ちよく晴れた秋のある日、手紙を書いていた。広場で元気よく遊ぶこどもたちの声が聞こえた。

数人のこどもたちが手作りのボールで野球遊びをしていたが、棒きれで打ったボールがちょうど文机の上に飛んできて、ひとつ弾んでお大師様の前へころころと転がって行きそこで止まった。一瞬ハッとしたが、立ち上がってそのボールを拾い、賽銭箱の置いてある板敷まで出て行き、どことなく不安気にオドオド見上げているこどもたちにポイと投げ返してあげた。

「ありがとう」

そう言いざま、こどもたちは逃げるようにサッと広場の方に走り去っていった。

こどもの頃よくこんなふうにして遊んだなぁ、そんなことを懐かしく思い出しながら、また始まった野球遊びをしばらくの間眺めていた。

その翌日、机に向かって句を書いていると、

「おじさん」

と誰かが声を掛けてきた。顔を上げると、昨日野球遊びをしていたこどもたちの内の一人だった。人懐こそうなその顔を見て、

「上がっておいで」

と手招きした。その子は言われるままにお堂の中に上がってくると、机の横に置いてある火鉢のそばにチョコンと座った。机の上に広げて何やら書いてある雑記帳をのぞき込んでその子が聞いた。

「おじさん、何してるの」

「うーん、分かるかな、俳句っていうのを書いているんだ」

「はいく？　ふーん、そんなもの書いて面白いの」

そんなことには何の関心もなさそうに、その子は物珍し気にお堂の中をぐるぐる見回していた。

「そうだな、おじさんには面白いよ」

名前を聞くと、その子は文ちゃんといい、小学三年生で、寺の門前でたい焼きを売っている家の子だった。父もなく、兄弟もない、母一人子一人の淋しい境遇の子だった。放哉はその子と気が合い、すぐに友達になった。

それ以来、広場でひとしきり遊んだ後、時々こどもたちはお堂の中へ上がり込んでくるようになった。勝手にその辺に座り込んだり、寝そべったりして、東京から送られてきていた雑誌やら何やらを見つけて、物珍しそうに開いて見たりした。そんな様子を時折眺めながら、手紙を書いたり句を作ったりした。

たくさんある児がめいめいの本を読んでる
何かしら児等は山から木の実見つけてくる
何かつかまへた顔で児が藪から出て来た

放哉は、こどもたちといるこんな時間が好きだった。ある時文ちゃんが、耳元に来て何やら囁いた。ちょっとくすぐったかった。そのくすぐったがる様子を楽しんでいるのか、何か秘密を共有したような気持ちを楽しんでいるのか、ただ他愛のないことを囁いてまた離れて行った。

文ちゃんは一人でもよく遊びに来た。その日は寒い日だったので、寒がりの放哉は火鉢を抱えていた。そこに文ちゃんが来た。

「お丶、文ちゃん、おいで。いいものがあるんだ」

ちょうど、井泉水が木箱に入ったミカンを送ってきてくれたところだった。文ちゃんが火鉢のそばに来て座った。

「今いいものをあげるから見ていろよ」

そう言いながらミカンを三個、火鉢の灰の上にのせた。やがて、炭火に向いた方が少しずつ焦げてきてぶつぶつ黒い斑点が出来てきた。

「こうなったら裏返して焼くんだ」

その様子を文ちゃんは珍しそうに見ていた。

「ほら出来たぞ」

焼き上がったミカンを一個文ちゃんに渡し、自分も一個持って皮をむきはじめた。

「熱いから気をつけろよ」

熱っ、熱っ、と言いながら、二人はフウ、、息を吹きかけながら皮をむいた。むいたミカンからポッポッと湯気が立った。まず放哉が食べて見せた。

「おゝ甘い。甘くて温《あ》ったかくて旨いなぁ」

文ちゃんも続いて食べた。

「うん甘い。甘くて温ったかくてうまい」

文ちゃんはうまそうに夢中でムシャムシャ食べてしまい、もう二個目を取って皮をむき始めていた。そんな文ちゃんの様子をニコニコしながら見ていた。ミカンを焼いて食べるのは故郷の習わしで、それは少年の頃の好物だった。その後文ちゃんはミカン目当てによく遊びに来て、結局大半のミカンを一人で食べてしまった。

空っぽになったミカン箱を見て、本箱を作ってくれ、と文ちゃんがせがんだ。工作などめったにしたことはなかったが、ただ捨てるのももったいなかったから、大いに骨を折りながら頑張った。悪戦苦闘の末、何とか本箱らしいものが出来上がってきた。文ちゃんはその様子を、そばにしゃがみ込んでずっと見つめていた。

「フーッ、できたぞっ」

放哉が出来上がった本箱を文ちゃんの目の前に差し出した。折れ曲がった釘が足元に何本も落ちていた。細かい所を見ると不器っちょにできていたが、見た目は本箱になっていた。

「おゝ、出来た出来た。おじさん、ありがとう」

その本箱を受け取ると、文ちゃんは嬉しそうに両手に抱えて家に帰って行った。

そんなこんなを句にした。

片つ方の耳にないしよ話しに来る
児に木箱作ってやる眼のまえ
ふくふく陽の中たまるのこくづ
打ちそこねた釘が首を曲げた

須磨寺ではその他にもいろんなものが心を慰めてくれた。そのひとつが、お堂の庭にやって来る雀たちだった。その朝粥しか食べておらず少し腹がすいていたが、雀たちが庭に来てさわいでいる様子を眺めている内に、そんな気もやがて紛れてくるのだった。

雨が幾日か続いていたその日も昼下がりは雨になった。机に向かって手紙を書いていると、雀が二、三羽お堂の中に入ってきた。雀たちもお堂の中から外の雨を眺めていた。

ちょっと筆を置いて、そばにぱらぱらと播いておいた米粒を手の平に何粒かのせて、畳に手を差し伸べていた。すると、人懐っこい一羽の雀が近づいてきて手の平に乗っかった。ツンツンと雀が米粒をつついた時、そっと掌で雀の体を包みこみ、それを両手で柔らかく握りしめた。小さい雀の体は思いの外温かかった。

—生きている。

その時得も言われぬ思いがけない感慨に捉えられた。句もできた。

雨の幾日かつづき雀と見てゐる

雀のあたたかさを握るはなしてやる

雀だけでなく、犬も心を慰めてくれた。いつもの様に浜に海を見に行く途中、時々道で出くわすよくなついた犬がいた。近寄ってくるその犬の頭を撫でてやると、その犬はうれしくてたまらないかのように盛んに尻尾を振った。

—こんなにも、こんな俺のことを喜んでくれるのか…。

犬よちぎれるほど尾をふつてくれる

これがその時にできた句だ。

浜に出て海を眺めていると、知らぬ間にその犬が付いてきており、浜の砂に鼻先を突っ込んでクンクン臭いを嗅いだりしながら、暫く周りをうろうろしていた。

年の明けた二月半ば、しばらく前の手紙に、「乞食までに近寄ってやって行きたい」と書いてよこした蓮車が、一燈園を出て実際に乞食行脚を始めて間もなく、須磨寺を訪ねて来た。放哉の蓮車に対する思いには特別のものがあり、頻繁にやり取りした手紙の中に、蓮車にすっかり兄事し、臆面もなく甘えて凭れ掛かるような言葉がしばしば出てくる。

ある時の手紙にはこう書いた。

あなたを見付けて、アナタの手紙の中の所謂「愛人」とか「乳母」とかいふ人を得た思ひがしました。そして私の死ぬ迄、我がまゝを云つて、さうして、何をしても、何を申しても、そのまゝよしよしとあやして貰つて、喜んで死ねる考でした。

…私に何の「安心の道」が開けるものですか。少しでも近来さう見える処がありますとすれば、それは畢竟あなたといふ唯一人の同情者をえたために、少し落ち着いた傾向が見えたに過ぎません。

また、寒くなってきたので古毛布を送ってほしいと無心した別の手紙には、井泉水が須磨寺に来てからの自分の句をほめてくれたことに触れてこうも書いた。

それは、思ふに、全く、私が、近来アナタといふ背景をえたため、換言すれば、一寸変つたことをすれば、やれ彼是といふイヤな世の中に、アナタといふ甘える処、慈母をえたために、小生の感じに落ち付きが出来た、ムズカシク言へば、安心立命を得る傾向になつて来たために、安心して、落ちついて作句しだしたために外ならぬと思ひます。

「蓮車さん、私はすごく悲しいです」

お堂に上がり、胡坐をかいて座った蓮車の、乞食行脚の白装束の出で立ちを目の前にして放哉が言った。

「あなたが一所不在となって路頭に立たれるお気持ちはよく解っているのですが、やっぱり淋しいです。あなたはこのまま、永久に私から離れて行ってしまいそうな気がします。手紙をいただくことも、またもう会うこともできなくなった後の私は一体どうなっていくのでしょうか…」

「あなたは、俳三昧によって、心境そのままを深く掘り下げていって下さい。それがあなたの道だと思います。手段は私と違っているかもしれないが、あなたと私の目的は同じところにあるに違いないと思う。離れても、心は一つです」

慰めるように蓮車が言った。

「これから当分会うことがないだろうから、あなたのために少し忠告めいたことを言っておきたい」

「どんな事でしょうか」

蓮車が続けた。

「以前、あなたには肉体そのものを自滅させる途に出る傾向がある、と私が言ったことを覚えていますか」

「もちろん覚えています」

「最近私の知ったあるドイツの心理学者があります。その人が、人間の意識下には、生の本能と、同時にそれと矛盾する死の本能があると言っているそうです。人間の一生はその相克であると。その説によって考えると、あなたは死の本能に支配されつつあると言えるようだ」

自分を振り返ってみた時、放哉にはその考えが当たり前のことの様に聞こえた。

「今までの人生で、あなたに何があったのかは知らないが、自分自身気付いていないだけで、あなたは誰かに対して殺したいほどの憎悪を心の奥深く潜めている。そしてその憎悪した自分に対してあなたは強い罪悪感を抱いている。その罪悪感が自分自身に向き、あなたは自分を処罰しなければならない、と心の奥深くで思っている」

—もしそういうことがあるとすれば、あの時、それは静さんに対して…。あの時僅かに俺は静さんに対して憎悪を抱いた。そして恨みもした。でも、殺意なんて…。いや、静さんに対して殺意なんて持つはずがない…。

放哉は思っていた。

「あなたは以前手紙にこんなことも書いていましたね。

将来の結果を予想して、それは現世的に言えば悪い凶の予想で、その予想に自分で自分の運命を運んで行ったりした、と。あるいはまた、あなたが自分で自分の体を虐めようとするのは、あなたの心の奥深くに潜んでいるこの衝動に根差しているのではないだろうか。これは昂じると非常に危険なものだ。よくよく注意してほしい」

神妙そうに聞いていた放哉が言った。

「そうですか。ご忠告ありがとうございます。

とにかく、勉強しましょう。アナタという人のある今、大いに勉強せざるを得ません。そして命を大切にしましょう。身体を大切にしましょう。命と身体を無雑作に取り扱うことについては、全くアナタのご忠告通り、今後大いに戒めなくてはなるまいと思います」

「そうして下さい。そうでないと、私も安心して行脚することができない」

蓮車は続けた。

「それからもうひとつ、話しておきたいことがあります。

以前私は、あなたはニヒリストに追い込まれたと言ったことがあったが、それはあなたの話を聞いた時に、そこに何か深い空虚感と、それを埋めようと何かを必死に求める飢渇感を強く感じたからです。今その原因を考えると、幼児期、いやもっと前、あなたが乳呑み児だった頃に、幼かったあなたには耐えきれないほどの、辛い、苦しい経験をしたのではないだろうか。その記憶は辛すぎて思い出せない、いや心の奥深くに抑え込まれて心の暗闇の中にある」

「そんな幼かった頃に一体何があったのでしょうか。何も思い出せません」

思い当たることはなかった。

「あなたは海が大変好きだと言う。いつだったか、死ぬならば海に入って死にたいとも言っていたね。海は母上なんだ、あなたにとって。あなたは今でも、母上のお胎の中に戻りたいんだ、きっと。

あなたの辛い、苦しい経験とは一体何だったのか。私の想像では、幼かった頃、あなたは何らかの理由で授乳することを突然断ち切られたに違いない。あなたはまだ母上のお乳が欲しかった。なのに、いくらせがんでも、いくら泣き叫んでも、母上はもう頑としてお乳を飲ませてくれなくなってしまった。赤ん坊は、辛くて、苦しくて、絶望した。そして母上を強く憎み、と同時に、見捨てられた自分を無価値と思い、深い空虚感に捉われた。あなたの空虚感と、それを埋めようとする飢渇感はそこに原因があったのではないかと私は考える」

漬物桶に塩ふれと母は生んだか

以前に作ったこんな句が頭に甦った。

二年前、母は既に亡くなっていた。馨と二人で渡朝して間もなくのことだった。

—それにしても、俺はなぜ母親の望まない方へ、なぜ母親を悲しませるようなことばかりしてきてしまったのか。自分でも分からない。

自分ではどうにもならない衝動がいつも俺を突き動かしてきた。その結果が今のこの姿だ。そう考えたくはないが、もしかしたら俺の人生は、母を憎み、母に対する復讐の人生だったのだろうか。母への復讐？　…信じられなかった。

蓮車は続けた。

「あなたはその空虚感を埋めるために早くから哲学や宗教に没頭してきたのだと思うが、それではその空虚感を埋めることはできないだろう。何故なら、あなたはその空虚を宇宙の、あるいは人間存在普遍の空虚と考えているかもしれないが、実は、その空虚感はあなたの乳児期に根差す、極めて個人的な空虚感だから。あなたはこれまでずっと、その空虚を埋める『何か』を探し、『何か』を求めて生きてきた。でもその『何か』は、いくら探しても見つからないもの、いくら求めても得られないものなのだと思う。

宇宙は空虚ではない、また、満たされてもいない。宇宙は、只在るがままに在る。つまり、生は空虚ではない、また、満たされてもいない。生は、只在るがままに在る。

それを知り、それを生きてゆくのが私の道なのだと思っている。あなたは、俳三昧でそれを知り、生きていってほしい」

まるで遺言でも残すような蓮車のその物言いに、放哉は胸がいっぱいになり言葉を返すことができなかった。少ししてからようやく口を開いた。

「やっぱり行ってしまうのですか」

切なそうな目で蓮車を視つめた。蓮車はその目を視つめて無言で頷いた。

「そろそろ行くことにしよう」

そう言って蓮車が立ち上がった。

縁先に腰掛けてわらじを履きしめ、菅笠を被ってあご紐を締めると、すっと立ち上がって振り向いた。

「それでは尾崎さん、お達者で」

そう言って少し頭を下げると、くるりと背を向けそのまま蓮車は去って行った。その後ろ姿が山門に隠れて見えなくなるまで、放哉は唇を噛みしめながらいつまでもずっと見送っていた。


それまで平安な日々を送っていたのだが、ここでもまた心を煩わす思わぬ問題が起こってしまう。それは、「インゲン様」という寺一番の実力者とその座を狙う他の三人の住職との権力争いだった。寺の使用人が二十人ほどいたが、それが双方に分かれて色々暗闘が起きていた。放哉は一人超然としていたつもりだったが、インゲン様側の役僧と少し仲良くしていた為にそちら側の人間と見られてしまった。問題は紛糾してどうにもならなくなったところへある有力者が現れ解決に乗り出すことになった。寺に居られなくなった放哉は、問題が解決するまで、その有力者の親類の家に世話になることになった。

当座の生活費もなかったので、お金の無心をした井泉水宛の手紙にこんなことを書いて送った。

ウルサイ事デスネ、ドウシテ、カウ、私ハ行ク処落チ付ケナイ事件ガ生ジテ来ルノデセウカ？ナサケナクナリマス。

一燈園モ、ダメデス、古イ人々ハ大抵出テシマツタサウデス…私ハ矢張リ、オ寺カラオ寺ト落チ付キ処ヲ求メテ、漂浪シテ歩ク事デセウ。

その後も騒動はいつになっても収まらず、十ヶ月ほどいた須磨寺をとうとう去らなければならなくなってしまった。行く当てのない放哉は、再び一燈園に舞い戻った。

天香は旅に出て不在だった。ただブラブラしている訳にもいかなかったし、托鉢に行かなくてはならなかったので、とりあえず出掛けることにした。ただ、以前のように、毎日一燈園と市内を歩いて往復するのは肉体的にきつかった。ある日、蓮車からもらった一燈園風の黒いセルの単衣を着て、托鉢に出掛けるふりをして蛇が谷に住んでいる北朗をふらりと訪ねた。蛇が谷は、鹿ケ谷からそう遠くはなかった。そこは陶工達が集まっている部落で、共同で使う窯を中心にして、陶器作りで生活している人達の小さな家が点々としていた。北朗の家もその中にあった。その日は窯に火を入れる日で、辺り一帯に松薪の煙がもう丶丶と立ち籠めていた。

庭とも言えぬほどの狭い庭に向いた板敷の四畳半が北朗の仕事場だった。そこで北朗はロクロを廻していた。

「やあ、久しぶり」

その声に、手を休めず北朗がちらりと目を上げた。

「おう、珍しいじゃないか。いつ京都へ来たんだ」

「また、一燈園に戻ってきたよ」

「そうか。まあ、そこに座って待っていてくれ」

北朗の手は少しも休まない。少し土をのせて、ロクロを廻す。北朗が両手を当てると、土はまるで生きているかのように形を変えてゆく、その様が面白くて、飽きもせずじっと眺めていた。

ひとしきりして仕事を終えた北朗は、狭い階段を上がった二階の小さな部屋に案内した。出してくれた座布団に座った放哉は、京都に来た事情をかいつまんで話した。

「そうか。中々うまくはいかないもんだな。

まあ、ここにもいろんな仕事はあるんだがな。陶器の型押しなんかはアンタの仕事にちょうどいいと思うんだが、型押しの職人は今のところ空きがないだろうな…」

「アンタの仕事は本当にいい仕事だ。何か僕にもできることはないかなあ」

北朗にもすぐには心当たりはなかった。

「何かあるかもしれない。まあ、考えておくよ。それより、今日は少しゆっくりしていけよ」

その日二人は、積もる話をしながら、久々に一献酌み交わした。

（六）

小豆島に春が近づいていた。

三月に入り、南郷庵でもあの寒風が追々弱まってきたように感じられるようになってきた。

旅人からもらっている薬と注射のおかげで、咳もあまり出ないようになった。注射を十回やれば薬を飲まなくても咳が出なくなる、旅人のその言葉が放哉を嬉しがらせ、もう半分の五回注射を打った。慣れない手つきで何度も打つのを失敗していたから、股の付け根に近い太腿に注射の跡がいくつも醜く残っていた。咳は大分おさまってきてはいたが、体にまた別の異変が起きていた。あれだけ好きだった酒が呑めなくなってしまったのだ。酒を口に含んでみるのだが、全然旨くない。飲み込もうとするが、体が受け付けず戻してしまう。

「あゝあ、こんなことになるんだったら呑める時にもっと呑んでおけばよかった。ハハ」

手に持った盃をみつめながら、しゃがれた声で空笑いした。

身体の衰弱は益々進んでいた。しばらく前から、腹痛と共にひどい下痢をするようになった。下痢で疲れてしまって寝込むようなこともあった。腸結核にでもなったのかな、ふと思った。下痢が治まってきたかと思うと、今度はひどい便秘に苦しめられた。ある日などは、便意が三回あったが、便が出ず、血が出るだけで、その苦しみは言語に絶するものだった。その日は、脱腸を押さえる苦痛と、便の出ない苦痛に何もできず、一日中苦しみ通しだった。

その頃の放哉は、とうとう裏にある便所まで這っても行けないようになってしまった。仕方なく、裏のお婆さんに頼んでおまるを買ってきてもらい、布団の脇に置いて、用を足すようになった。このお婆さんは、暇のある時に様子を見に行ってくれるよう杉本住職に頼まれていて、しばらく前から身の回りの面倒を見てくれていた。下の始末を他人にしてもらうのだけは抵抗があって頑張っていたのだが、力のなくなった身体は自由が利かず、もうそうも言ってはいられない状態になってしまっていた。お婆さんは、嫌な顔ひとつせず、おまるに溜まった便をせっせと始末してくれた。

毎日の体温を測って知らせるようにと、旅人が体温計を送ってきた。朝、昼、晩、毎日六回測るように言われていたが、面倒なことが嫌いだったのでしばらくの間放っておいた。すると旅人が例の調子で怒ってきた。それで仕方なく、体温計を脇の下に挟んでみた。ところが、何回挟んでみてもコロコロと落ちてしまう。おやおやと思って、右に、左にと挟んでみたが、やっぱり落ちてしまった。よくよく見れば、二の腕は痩せて皮の付いた只の骨だし、胸の肉もすっかり落ちてあばら骨がまるで鎧のように剝き出しになっていた。それでも諦めず、落とさないように無理矢理力を入れて何とかやっと測ってみた。熱は三十九度近くあった。

まだ風の吹く寒い日々が続いてはいたが、以前と比べれば少しはましになってきていた。風の落ち着いた暖かいある日、その気持ち良さに、丁哉に宛てて手紙を書いた。

島も、一時よりハ非常に春らしくなつて来ました。トテモ貴地方とは比べものにはなりませんが。…慥かに「春」…昨日、山の奥から切り花の「猫柳」をもつて出たのを買つて床柱にさしました。アノ和やかな光りがなんとも云はれず私ハスキだ。アノ大人しいなごやかな、つゝしみ深い、ゑんりよ勝な、柔かな光りを放つ「猫柳」…春の花ですネ…。私ハ花がスキでどんな花でもスキだ。花がないと淋しくて淋しくてね。

一週間ほど前から、病状はさらに悪化してきていた。喉が腫れて痛くて、食べたものがつかえるようになった。木下に診てもらったところ、しばらく深刻な表情で腕組みして考え込んでいたが、やがて口を開くと、喉頭結核になったのではないかと言われた。

食べなければますます弱ってしまうと思い、痛むのを我慢して粥に卵をかけて喉に流し込んだりしてみたが、それすら痛くて堪らなかった。ミカンの汁も喉にしみた。薬と水は喉にしみなかったが、中々喉を越さず、越す時痛くて吐《つ》き戻してきた。それを四苦八苦しながらなんとか呑み込むのだった。声はすっかり潰れてしまっていたし、出すのもやっとだった。こんな具合だったから、身体の衰弱は益々ひどくなり、一挙手一投足自由が利かないほどに肉はすっかり落ちてしまった。

もうじき本格的な、暖かい春がやって来る。春になれば、チリ、、鈴を鳴らしながらお遍路さんがどんどんやって来る。それだけが楽しみだった。それまでに少しでも身体を恢復させておかなければ…。そう思って、粥や薬を必死で喉に流し込むのだった。


病状の悪化を心配したまさ子から、誰か看病してくれる人の所へ移ってしっかり養生するように、さもなければ自分がそこに看病に行くという手紙が来た。それに対し放哉は丁重な断りの返事を書き送った。それには、馨には病状について絶対に言わぬように、それはかえって自分を苦しめることになるからときつく口止めしてあった。まさ子は、せめて馨にだけは放哉の病状を伝えようと思っていたのだが、とうとう知らせることを留まった。


一方、死期の近いことを悟った放哉は、馨のこれからのことを考え、離縁状を認《したた》めた。居所が知られぬよう、星城子宛にその封書を同封して送り、投函するよう頼んだ。数日後、馨のもとにそれが届いた。誰からだろうと裏を見ると、左下隅に名前のみ書かれてあった。

—あの人からだ。

突然こんなものを寄こすなんて、もしかして何かいい知らせだろうか、馨は期待して封を開けた。

中には、添え書きと、離縁状と書かれた巻紙が入っていた。それを見た馨は一瞬我が目を疑った。そして添え書きを読み始めて呆然とした。それには病のことは書かれていなかった。ただ理由として、「お前のこれからのことを考えてこれを認めた」とだけ書かれてあった。

—えっ、一体何？　どうして？　一体何があったというの？

もうあれからもうじき三年が経つ。三年も経てば、身も心も元気を取り戻してきっと帰ってくるだろう。そうしたら二人でもう一度やり直そう。馨はそう思って、これまで一人じっと堪えて待っていたのだった。

まさ子なら何か知っているのではないか、馨はそう思い手紙を出した。しかし、まさ子からは、放哉が今どこに居て何をしているのか、近況については何も知らないという返事が返ってきただけだった。

生ビールを飲みながら、マグロ鮨、エビ天ぷら、ウナギの蒲焼きやら旨いものをたくさん食べてからでないと死んでも死にきれないなあ…、などと夢見る放哉だったが、ものが喉を通らなくなっているので今はもうそれは望むべくもない。そう観念していたので、望めるものは、目で見るもの、匂いを嗅ぐものに限られていた。近況報告にかこつけて放哉は井泉水にねだるような手紙を書いた。

啓、島は此頃又、メッキリ寒くなりまして風が弱つて居る時でも寒くてたまりません。アンマリ淋しいので、ウラのおばあサンにたのんで探してもらつて、木瓜の小サイ鉢植ヲ弐拾銭で買つて来てもらひました。蕾の大きなのが二ツ三ツ見えるやうであります…。
以前カラ私は此の木瓜と云ふ花が好きです。
此頃、例の山海の珍味何一つ（タトイ目前にありとしても）たべられないのだから…自然、眼で見るもの、匂いをかぐものに限ります。
○非常ニウマイたばこが呑んで見たいのです…。満州に居たときスリー・キヤッスルと云ふたばこ…慥か、英国製を盛にのみました…。実に私の口にあつてウマかつた。
ヨイ匂いが頗る恋しい…紫の煙りが恋しい。

井泉水から、京都の病院は設備が整っているし、病室も快適、手配を調えて、誰か迎えに行ってもらうからすぐに来るように、入院してしっかり養生するようにと強く勧める手紙が届いた。その有無を言わせぬ勢いに、放哉は慌てて返事を出した。井泉水は旅先に居ると聞いていたので、井泉水と連名のものを北朗宛てに送った。

啓、今朝井師から「急」という手紙が来て、見ると…病院の部屋の事など、いろ〳〵書いてある…。そして、（来るなら）…ともある…。全く、驚いてしまつた。東京宛の便、及先日、京都井師宛手紙の分、等にも色々かいて置きました通りの、放哉の決心であります。此の決心は誰が何と申しても、絶対変更せぬモノと御承知下さいませ。若し、今、無理に此の「庵」を出よと云ふものアレバ、丁度よい機会故、食を絶つて死にます決心…。今少し位長く生きられる放哉を、早く殺さんでもよいではありませんか。

今朝は、よい凪で、小さい窓から、朝日がイツパイ、さし込む…風は少しもない。海は和やかに光つて居る…。窓迄行つて見ると、アノ小さい庭に、イロヽヽな青草が芽を出してゐる。それは、様々なモノがある。

そら豆迄一本出てるから、面白いな…。

その太陽の中に、一人であたつて、ホカヽヽして居ります。コレカラ島も暖くなるでせうよ…。今死すとしても、カウ云ふ自然の景色の中で、青空と青草とを見つヽ死なせてモラヒたいのです。只今では、放哉の決心次第一つで、何時でも「死期」を定める事が出来るからだの状態にあるのですよ…。ナントありがたい、ソシテ、うれしいことではありませんか…。

結局、三十年も、四十年も、生きる問題ぢやないのですから、此の、ツカレタ放哉を引きずり廻して、イヂメテ殺す丈は、どうかお許し下さいませ。

この返事を読んだ井泉水は、一旦諦めてしばらく様子を見るしかなかった。

そんな放哉の手元に、頼んでいたスリー・キャッスルが届いた。うれしくて早速お礼の手紙を書き送った。

ツイ、うまい、フト、青い缶を握つて居るのです。呵々。ドンゞ、吸ふので心細いが…カウ云ふものに「をし気」があったら味はサッパリなくなりますから…大いに大臣気取りで、スパーリ、スパーリ、一人でくゆらして、味をかみしめ、紫煙の行方をなつかしんで居りますよ…。あゝ、ウマイたばこ、ありがたう御座んした。

小豆島に行く前の放哉はまだまだ元気だった。橋畔亭に転がり込んできていた頃、二人はよく語り、よく飲み、そしてよく散歩にも出掛けた。井泉水は、昨日のことのようにあの頃のことを懐かしく思い出していた。

ウラのお婆サンにたのんで買つてもらつた木瓜の鉢…蕾二つ咲きましたよ…。蕾も漸く、上の方に、只今、十数箇見える丈です。

私ハ、寒いから、台所のスミに寝てますが…朝早く…ウラのお婆サンが来て、台所の障子を開けはなしにし、火をオコシテクレルのです。ソコカラ見える前のタンボの中の大キナ柳の木が一本…之が芽ヲ出シテ、風に朝早く吹かれているのが面白い。早速、枝を二、三本折つて来てもらつて、柱かけの小サイ花イケにサシマシタ。

そろ〳〵春になりました。嬉しい事ですな。

身体に異変があるとか、何かあった時の連絡先を杉本には伝えておくようにと、病状を心配する井泉水はくどいほど言ってきた。渋っていた放哉だったが、仕方なくその言葉に従うことにした。

西光寺サン電報ノ件…気休メニ「一軒」知ラシテオキマシタ、親類ノ名ヲ…乞御安心。…親類ト云フ名ヲ…キイテモ、イヤニナル、呵々。
中々、マダ死ニマセンヨ、死ニマセンヨ。

この手紙を出した二日後、放哉は死んだ。

その日の朝、裏のお婆さんが来ていつものように台所の障子を開け放ち、火を熾《おこ》してくれた。
「オシゲ、サン、チョット、オコ、シテ、クレ」
絞り出すような、嗄れた声だった。外の様子を眺めたくて、手伝ってもらって、布団の上に上半身を起こして外を見ようとしたが、眼がよく見えない。何度か眼をこすってみたがやっぱり霞んでよく見えない。結核菌が腸を冒《おか》したらしく腹の痛みを感じるようになっていたのは大分前からだが、とうとう眼にも来たか…。放哉は、いよいよその時が来たことを悟った。体を起こしている力ももうなかった。

「ネカ、シテ、クレ」

萎びた皮のついた薄汚い棒切れの様な両手を伸ばして、おシゲ婆さんの手を求めた。おシゲ婆さんは、その手を取り、肉のない骨だけのゴツゴツした硬い背中に手をまわして、そっと寝かしてくれた。

その日の夕、庵にたった一つしかない電灯が灯って間もなく、容態が急変した。おシゲ婆さんは、海に出ていた亭主も帰ってきていたので庵に呼び、苦しげに悶える病人を任せて、急を告げに西光寺に走った。しばらくして急いで戻ったおシゲ婆さんを見て、放哉はほっとしたような表情を浮かべた。亭主に代わって体を抱きかかえようとしたその時、そのままがっくりと婆さんの膝の上に頭を落として、両目をくるっとひっくり返した。おシゲ婆さんは慌てて体を揺すって、大きな声で何度も耳元で呼び掛けたが反応がない。婆さんは枕元にあった土瓶を急いで取り水で口を潤した。その時一瞬、放哉がわずかに目を開いて、微かににったりした。それが最期だった。放哉は、そのままおシゲ婆さんの腕に抱かれて静かに息を引き取った。

春の山のうしろから煙が出だした

枕元には木瓜の鉢植が置かれ、三つ目の蕾が開きかけていた。その脇にあった粗末な紙片に書かれていたものだが、春を待ち焦がれていた放哉最後の句だった。

その夜更け、西光寺の門を叩く一人の女があった。馨だった。馨は、その日の夕まさ子からの電報を受けて驚き、取るものも取らず急いで駆けつけて来たのだった。提灯を持った小僧の案内で馨は南郷庵に向かった。門前に立つと辺りはただ真っ暗な闇だった。その日は久方ぶりに風が強く、庭の大松がゴウゴウと吠えていた。庵の前に立った馨は、小僧の開けた入口をくぐった。狭い土間を抜け板の間に上がると、脱いだ草履を丁寧に揃えた。

立ち上がると振り向き、ゆっくりと進み、そして、意を決して夫の骸の横たわっている八畳の間の障子を開けた。

＊　＊

放哉は、南郷庵にあっても沢山の句を作った。中でも代表作として知られているのが、

咳をしてもひとり

だが、他にも、

肉がやせて来る太い骨である
入れものが無い両手で受ける
花火があがる空の方が町だよ
おそい月が町からしめ出されてゐる

それらの中に、こんな句が混じっている。

恋心四十にして穂芒

口元には自嘲の薄笑いが浮かんでいそうだ。
ある日、西光寺を訪ねようと道を歩いていた時、夥しい白い穂を風になびかせて背の高い薄が道の両側にボウ〴〵と生えていた。少し疲れた放哉は立ち止まってそれを眺めた。放哉の体もすっかり枯れ果てていて、四十をまわったばかりだったが、髪もその薄の穂のようにすっかり白くなっていた。その時ふと芳衛との日々が鮮やかに脳裏に甦ってきた。そして遥か遠くなってしまった芳衛のことに思いを馳せるのだった。

あの時別れて以来、放哉は芳衛のことを忘れたことは片時とてなかった。それどころか、今になって芳衛を思う気持ちはますます慕るようになり、あの頃を懐かしむ思いはいや増すばかりだった。

＊　＊

放哉が亡くなって十七年後、伊東俊二という人物が当時京都鹿ケ谷に住んでいた芳衛を訪ねて来た。芳衛には子はなく、兄静夫の次男を養子に貰い受けて育て、彼が大学に通うようになったのを機にそこに一緒に住んでいた。

伊東は、放哉に傾倒しその数年前に一時期南郷庵で暮らしていたこともあった人物である。何の前触れもなく突然訪れてきた見ず知らずの男に芳衛は驚いた。

「どちら様でございましょうか」

「驚かせてしまい申し訳ございません。決して怪しい者ではございません。以前井泉水先生の俳句雑誌層雲の編集にも携わっておりました伊東と申します。放哉さんにご縁《ゆかり》の沢芳衛様がこちらにお住まいとお聞きして、是非一度お目に掛かりお話を伺いたく、突然で失礼かと思いましたが訪ねて参りました。芳衛様は御在宅でいらっしゃいますでしょうか」

放哉と聞いて芳衛の心は騒いだ。

「沢芳衛は私でございます」

六十歳も間近と思われるのに、年齢を感じさせない、端正で上品な美貌を備えた和服姿の女性がそこに立っていた。

「そうですか、放さんをご存じの方でいらっしゃいますか。そんな所に立っていらっしゃるのも何ですから、ま、どうぞ、お上がり下さいませ。わざわざお訪ねいただいてさぞお疲れでしょう。茶など召しあがって行って下さいまし」

伊東は座敷に通され、出された座布団に座った。芳衛は南向きの障子戸を開け放つと、お茶を入れに部屋を出て行った。狭いながらもきれいに手入れされた庭に小春日和の陽光が暖かそうに降り注いでいた。真正面によく育った椿の木があり、優しいピンク色の花をいっぱい咲かせていた。

しばらくして、盆にのせたお茶を手に芳衛が戻ってきた。

「粗茶ですが、さあどうぞ」

「ありがとうございます」

伊東が茶碗を両手に持ちお茶を一口、口に含んだ。

「ああ、おいしい。本当においしいお茶ですね」

「いいえ、さほどのものではございません」

「ところで、いっぱい花を咲かせて、見事な椿の木ですね」

「元々このお庭に生えていたものなんですの。椿は放さんの大好きだった木ですから…」

芳衛は庭の椿を見遣りながら何かを懐かしんでいるようだった。

伊東が放哉との関わりについてひとくさり話した後、話が南郷庵のことに及んだ。

「放哉さんの書いたもので小豆島の冬の寒風のことは知ってはおりましたが、いざ住んでみると、本当に厳しいものでした」

芳衛も、漂泊後の放哉のことを気に病んで一、二度会っていた兄の静夫から、晩年の放哉のことを聞き知っていた。

「放さんの南郷庵での痛ましい姿はただ想像するばかりでございますが、それにつきましても、あんなに丈夫であった人がすっかり痩せ細ってしまって何という事でございましたでしょうか。東京にいた時から、もう無茶苦茶な生活でしたものね。家庭にやさしい人と、家庭婦人らしい人と生活していたら、たとえ満州のような寒い所へ行ってもあんな病に罹る事はなかったでしょうし、又罹ったとしてもあんなひどいところまで進ませずに済んだものでしょうに…。私がそばにいてあげていられたら、私がそばにいてあげていられさえしたら…、そう思うと悔しくて、本当に悔しくてなりません」

それまで冷静な芳衛だったが、どうすることもできなかった自分自身への歯痒さと悔恨の思いが思わず込み上げてきた。

「ひとしお痛ましいともえらいとも思いますのは、南郷庵で、大病をかかえて、食べる物も、看取りをする人もなく、またさっぱりした夜具もない汚い汚い、自分から言う犬小屋のような所での明け暮れだった事でございます。そして句を練り手紙を書き、私は知らないでいた事とはいいながら、何とした事でありましたでしょう。それなのに、別れた後一度も南郷庵に行きもしなかった馨さんのお気持ち、私にはどうしても不可解でございます」

　今まで誰にも話したことのない、馨への積年の恨み言だった。芳衛の強い思いを感じて、伊東は頷きながら只聞き入るばかりだった。

「あっ、申し訳ございません。気持ちが思わず昂ぶり余計なことまで申し上げてしまいました」

「いいえ、お気になさらないで下さい。率直なお気持ちをお話し頂いてけっこうです」

「そう言えば、『妹と夫婦めく秋草』―放さんが須磨寺で作ったこんな句をご存じでいらっしゃいますよね」

　芳衛が話題を変えた。

「ええ、もちろん」

「私が一旦帰っていた鳥取から再上京した頃、放さんと時々逢っておりまして、そんな時によく一緒に近所を散歩したものでした。この句を見た時、あぁこれはあの頃のことを思い出して作ってくれたんだな、とすぐに分かりました」

「そうだった、んですね…。そう言えば、同じ頃の句にこんなものもありましたよね。『柘榴が口あけたたはけた恋だ』―投げ出すような語調に放哉さんの痛々しい気持ちがよく伝わってきます。この句は、お堂の近所を散歩していた時、たとえば大好きな海へ向かう途中などの道沿いに大きなザクロの木があって、そこにザクロの実がなっているのを見たのではないでしょうか。近付いて見ると、枝先のその実がぱっくりと割れて大きく口を開けており、覗いてみると生々しい赤い腸《はらわた》を見せていたのでしょう。ザクロの実はリンゴと同様、古くから禁断の木の実と言われています。あなたとの謂わば禁断の恋が惨めに壊れてしまった、そんな嘆きがひしひしと感じられます」

「そうですか、ザクロにはそんな意味があったんですか。それをお聞きして、この句の意味が良く分かりました。ありがとうございました」

放哉の思い出話に二人の話題は尽きることはなかったが、伊東がようやく区切りをつけるように言った。

「今日はいろいろなお話をお伺いすることができて本当に良かったです。是非これからも、放哉さんのことを大いに語り合いましょう」

話し足りない事はたくさんあり、お互いに名残惜しくはあったが、その日は他に訪ねる予定もあった伊東はあまり長居もできず去って行った。

その後二人の間には何年にも亘って手紙のやり取りが続き、伊東に送った三十通以上に上る芳衛の手紙が残されている。それまで誰にも話せず、ずっと心の奥底に秘めていた思いを、初めて心からの共感者を得た芳衛は、まるで堰が切れたかのようにその思いの丈を全て包み隠さず書き送り続けたのだった。その中から幾つかを拾い見てみよう。

…層雲二冊御心にかけ御送り下されありがたく、何ものもすてむさぼり読みました。

特に「恋心……」の句を目にした時は胸がいつぱいになつて、一瞬息が止まつたように感じました。秀さん、どんなに、どんなに淋しかつたことでしょう…。

ほんとうに私も淋しくて、淋しくてなりませんのです。今の若者にはとても私らの事、理解がありません。知つてゐてくれた友は皆逝つてしまひましたし一人淋しくゐましたが、あなたといふ知己を与へられこのごろのありがたさ、淋しいと申しても淋しさがちがひます。ありがたい事です。


…今日はじめて承る俊二様の御苦労、存じ上げぬことゝは申しながら其萬一もお察しいたしえず過ぎてゐましたこと、申し訳なき事で御座いました。其御中から、いつ迄も元気でいよ、小豆島へも一度はつれて行かうとの仰せ、誰が此の世でこのやうに言つて下さる人が御座いませふか。

俊二様は南郷庵へも御出でになつてゐたのですから、これは全く私の為にお考え下さる事と勿体なさありがたさにたゞ〳〵感涙にむせぶのみで御座います。秀さんもさぞよろこんでゐてくれる事と存じます。

先日も申し上げましたやうにどうした事か此の頃昔の事がしきりにおもはれ堪えかねまして、ご理解下さるあなた様に御目にかゝり度く…。

しかし、芳衛はその後体調を崩し、伊東との小豆島行きはとうとう実現しなかった。

四月七日、放の命日、はや二十九年の前、御偲び下され、御心こもりし御まいりの御もやうを御たより下され誠にうれしく、彼もどんなに、大空高くからよろこびました事でせふ。私も七日には、沢家の墓にまゐつて来ました。あなたと、あなたにつれて行つて頂いて小豆島に詣でる筈でしたのに…。

沢家の墓は鳥取にあるのですが、父と母と兄の三人が分骨されて沼津にあります。秀さんも、こゝにもゐてくれるであらふとおもつて、椿を沢山供えて来ました。

＊　＊

放哉の書いた『入庵雑記』の中に「鉦たたき」という印象深い文章がある。

秋の夜、南郷庵は遠くから近くから、上からも下からも、まるで野原の真ん中に寝転んでいるかのように様々な虫の声に包まれる。その中に放哉の心を無性に惹きつける鉦たたきの声が聞こえて来る…

瞑目してヂッと聞いて居りますと、この、チーン、チーン、チーンと云ふ声は、どうしても此の地上のものとは思はれません。どう考へて見ても、この声は、地の底四五尺の処から響いて来るやうにきこえます。そして、チーン、チーン、如何にも鉦を叩いて静かに読経でもしてゐるやうに思はれるのであります。

これは決して虫では無い、虫の声ではない、…坊主、しかし、ごく小さい豆人形のやうな小坊主が、まつ黒い衣をきて、たつた一人、静かに、…地の底で鉦を叩いて居る、其の声なのだ。何の呪詛か、何の因果か、どうしても一生地の底から上には出る事が出来ないやうに運命づけられた小坊主が、たつた一人、静かに鉦を叩いて居る。一年のうちで只此の秋の季節だけを、仏から許された法悦として、誰に聞かせるのでもなく、自分が聞いて居るわけでもなく、只、チーン、チーン、チーン、…死んで居るのか、生きて居るのか、それすらもよく解らない…只而し、秋の空のやうに青く澄み切つた小さな眼を持つて居る小坊主…私には、どう考へなほして見ても、かうとしか思はれないのであります。

（了）

放哉の墓は南郷庵の裏山に広がる墓地の高台にある。亡くなった時、井泉水の強い希望でその場所に建てられたものだ。そこからは、放哉の好きだった海が、その海の明け暮れがよく見える。

参考文献

『尾崎放哉全集 増補改訂版』（彌生書房）
『暮れ果つるまで』 小山貴子（春秋社）

著者プロフィール

坂本　昌丹（さかもと　しょうたん）

昭和 27 年群馬県前橋市生まれ。さいたま市在住の浪人。

民俗学的なテーマと取り組む出版人を目指し、大学卒業後、長野県の歴史、自然関係の書籍（雑誌と単行本）や県の広報誌などを作る出版社に入り、そこで編集の手伝いや広告営業などに従事。事情により 3 年で退社。その間結婚し二子を得る。

その後別の職を経験し、33 歳の時、大手商社系の機械専門商社に再就職。営業部門と管理部門、合わせて 32 年間勤め上げ、7 年前に無事定年退職し、現在に至る。

なんにもない部屋　—尾崎放哉とその忘れ得ぬひと—

2024年 3 月15日　初版第 1 刷発行

著　者　坂本 昌丹
発行者　瓜谷 綱延
発行所　株式会社文芸社
〒160-0022　東京都新宿区新宿1－10－1
電話　03-5369-3060（代表）
03-5369-2299（販売）

印刷所　株式会社フクイン

©SAKAMOTO Shotan 2024 Printed in Japan
乱丁本・落丁本はお手数ですが小社販売部宛にお送りください。

送料小社負担にてお取り替えいたします。

本書の一部、あるいは全部を無断で複写・複製・転載・放映、データ配信することは、法律で認められた場合を除き、著作権の侵害となります。

ISBN978-4-286-25123-3